BBULMEDIA

http://www.bbulmedia.com

마지막 부활

뿔미디어

마지막 부활

ULMEDIA FANTASY STORY

준 현대 판타지 소설 〈완결〉

CONTENTS

1장
가슴에 묻다

탕—!

한 발의 총성이 들렸다. 동시에 유한은 자신이 바라보고 있는 모든 광경이 마치 느려지는 것 같은 착각을 받았다.

'안 돼.'

입 밖으로 말이 나오질 않는다. 그저 그는 소리 없는 외침과 함께 그녀를 향해 닿지 않는 손만 뻗을 뿐이었다. 그러나 아무리 닿으려고 해도 그녀는 서서히 멀어져만 갔다.

마치 과거처럼.

"안 돼—!"

이윽고 터져 나온 유한의 단발마의 외침이 고요해진 병원 복도에 가득히 올려 퍼졌다. 하지만 아무리 불러도 그녀는 대답하지 못했다. 그저 조금씩 기울어져 가며 바닥을 향해 쓰러질 뿐이었다.

'가엾은 사람.'

윤성희는 자신을 바라보며 소리 지르는 그를 보며 마찬가지로 닿지 않는 손을 뻗어 갔다. 하지만 닿으려고 발버둥칠수록 그와는 차츰 멀어져만 갔다.

'울지 말아요. 제발. 우는 것 보기 싫어.'

마스크로 가리지 못한 그의 눈이 글썽거린다. 눈물로 글썽거리는 그런 그의 눈을 매만져 주고 싶었다. 그러나 그에게 다가가려 할수록 그녀의 의식은 점차 흐려져만 갔다.

'나는 당신을.'

그녀가 쓰러지면서 입술을 달싹인다. 그리고 그녀의 머리가 땅바닥에 떨어지는 순간, 그녀의 뒷말이 목구멍 뒤로 소리 없이 사라졌다.

'사랑해요.'

동시에 그는 빠르게 다가가 쓰러진 윤성희를 받쳐 안

고는 떨리는 손으로 희미하게 눈을 뜨고 있는 그녀의 얼굴을 쓸어내렸다.

"내… 집, 당신… 에게 주고… 싶은."

동시에 그녀는 희미한 의식 속에서도 유한의 손길을 느꼈다.

따뜻했다.

너무나 오랜만에 느껴 보는 그의 손길에 윤성희는 어느새 눈물을 흘리고 있었다. 하지만 그녀는 자신이 살아나는 것이 힘들다는 것을 스스로 잘 알았고, 그에 맞게 그를 위한 마지막 선물을 준비했다.

마지막 온 힘을 다한 입술의 달싹임과 함께.

'당신을 정말, 정말 사랑했어요.'

그리고 그녀의 손이 유한의 손과 포개지자마자, 유한이 그녀의 이마에 자신의 이마를 대며 힘없이 읊조렸다.

"아무 말, 아무 말도 하지 마."

이윽고 그녀를 마주 보는 유한의 슬픈 눈동자에서 눈물 한 방울이 떨어져 내렸다.

"하하하."

반면 장지찬은 쓰러진 그녀를 바라보며 씩 웃었다. 사

실 진즉 총두목에게서는 그녀를 처리하라는 연락이 내려왔었다.

북방계를 이미 남김없이 남방계 쪽이 흡수해 버린 탓이다. 결국 그녀의 아버지이자 북방계를 이끌던 윤성양과 그 수뇌부를 제거했다는 이야기다.

상황이 그러했으니 껄끄러운 윤성희는 제거되는 편이 차라리 나았다. 그나마 그녀의 목숨을 쥐고 있었던 건 어디까지나 장지찬의 개인적인 유희였기 때문이다.

"장지찬······!!"

윤성희를 안고 있던 유한이 처절하게 울부짖었다. 악귀처럼 눈을 일그러뜨린 그의 이글거리는 시선에 장지찬이 한쪽 입꼬리를 추켜올리며 웃었다.

'네놈이구나.'

지금까지 자신을 방해하는 놈이, 드디어 눈앞에 나타났다. 하지만 여전히 얼굴을 반쯤 가린 가면을 쓰고 있어서 얼굴을 확인할 수는 없었지만 적어도 한 가지는 확실해졌다.

'윤성희가 저놈을 알고 있다.'

윤성희의 행적을 조사하면 어쩌면 정체를 밝힐 수 있을지도 모른다. 그는 조용히 생각을 정리하며 천천히 총

구를 내렸다. 이윽고 총구에서 빠져나온 하얀 연기가 장
지찬의 주변을 스쳐 지나갔다.

타닥―!

그사이 유한과 장지찬의 사이를 비상구 계단에서 올라
온 2팀장이 조직원 열 명가량과 함께 막아섰다.

"경찰 당국에서 움직였습니다. 피하셔야 합니다. 그리
고… 우 노사께서 크게 다치셨습니다."

득보다 실이 많았다. 장지찬의 미소가 더욱 싸늘해진
다.

"우선은 움직이죠. 최봉팔은 어떻게 됐죠?"

"최봉팔 쪽으로 투입한 인원 전부 연락이 되지 않습니
다."

"실패군요."

장지찬은 상황을 빠르게 인정하고는 다음 안건을 물었
다.

"준비는 어떻게 됐죠?"

"우 노사께 연락이 끊기자마자, 이미 설치를 끝냈습니
다."

"좋아요."

그는 그 말을 끝으로, 쓰러진 윤성희 쪽을 힐끗 쳐다보

고는 이내 지하 비상구 계단을 통해 사라져 갔다. 동시에 장지찬을 막아섰던 나머지 조직원들이 기다렸다는 듯 들고 있던 소총을 정면을 향해 갈겨댔다.

동시에 유한은 다급히 그녀를 품 안에 안고, 안쪽에 쓰러진 시체로 인해 문이 닫히지 않은 엘리베이터 안으로 뛰어들었다.

"제발. 제발 정신 차려. 미령아. 미령아!"

유한은 과거 윤성희를 부르던 이름을 애타게 부르며 떨리는 손으로 그녀의 볼을 쓰다듬었다. 그러나 이미 그녀의 가슴에서는 피가 흥건히 배어 나오고 있었다. 이대로 그냥 놔두기에는 상처가 심했던 것이다. 지금 그가 할 수 있는 일이라고는 이곳을 빠져나가 빨리 치료를 받게 만드는 것밖에 없었다.

그러나 갑자기 시작된 총격전으로 인해 그가 있는 병원에는 윤성희를 구할 만한 의사나, 간호사가 남아 있지 않았다. 결국 이 병원을 빠져나가야 윤성희의 치료가 가능하다는 이야기였다. 이윽고 이를 악다문 유한이 윤성희를 수동으로 멈춰진 엘리베이터에 내버려 두고 벽 쪽에 가까이 붙었다.

타타타타탕—!

마지막부활

여전히 밖에서는 유한을 견제하는 사격이 계속되고 있었다. 동시에 2팀장은 자신의 곁에 있는 부하들을 힐끗 쳐다보며 지시를 내렸다.

"엄호한 채로 두 명씩 빠져나간다."

계속적인 사격으로 유한의 발목을 묶어 두고 빠져나갈 요량이었던 것이다.

"지금!"

이어서 2팀장의 음성과 함께 엄호사격을 하던 두 명이 지하 비상구 계단을 통해 자리를 빠져나갔다. 그 때까지도 그들은 적어도 총알이 떨어지기 직전까지 이 작전이 유효할 것이라고 생각했다.

적어도 그 순간까지는.

탁—!

이변이 벌어진 건 그들이 탄창을 교대로 가는 시점이었다. 어느 정도 쏟아붓는 총알 세례가 줄어들자마자 엘리베이터 안에서 유한이 자신이 죽인 시체를 방패막이로 세워 빠르게 걸어오기 시작했다.

"쏴! 저 새끼를 쏴!"

흥분한 2팀장이 그 광경을 보고는, 부하들을 향해 외치며 자신 또한 소총으로 다가오는 유한을 향해 총알을 퍼부었다. 하지만 유한은 시체를 뚫고 다가오는 총알에도 아랑곳 않고 그들을 향해 다가갔다.

타타타타탕—!

쏟아지는 총알 세례 속에서 유한이 가장 먼저 한 것은 왼편에 있는 거울에 반사되어 오른편 자동문에 비춰진 그들의 위치였다.

그의 눈동자에 그들의 위치가 빠르게 인식됐다.

그사이 날아오는 총알 때문에 순식간에 그가 방패막이로 삼고 있던 시체가 너덜거리자, 그는 재빨리 총구를 구멍이 뚫린 시체에 도리어 집어넣었다.

탕—! 탕—!

구멍 뚫린 시체에서 튀어나온 총구가 빠르게 정면에 있던 조직원의 정수리를 관통했다. 함께 총을 쏘아대던 동료가 쓰러지자 나머지 조직원들은 더욱 흥분해서 유한을 향해 총을 쏴댔다. 아무리 유한이라도, 더 이상 시체로만 방패막이를 할 수는 없는 상황이었다.

하지만 이미 상황이 모두 머릿속에 계산되어 있었던 것인지 유한은 기다렸다는 듯 갑자기 들고 있던 시체를 적들 쪽으로 던져 버렸다.

어느 정도 간격이 가까워졌던 그들 사이로 시체 한 구

마지막부활

가 날아오자 적들의 모든 총알이 찰나의 순간 시체에 집중됐다.

그리고 유한이 노린 건 바로 그 틈이었다. 그는 아주 잠깐 사이에 이미 그들 앞에 멈춰 서서 총구를 들이댔다.

눈으로 보지 못했다면 믿기지 않을 움직임이었다.

마치 사람으로서의 한계를 초월한 것처럼 보였다.

탕—! 탕—! 탕—!

이윽고 세 번의 총성과 함께 2팀장과 같이 있던 나머지 조직원들이 전부 정수리가 관통된 채로 쓰러졌다. 신음도, 고통 섞인 비명도 없었다. 찰나 간의 이루어진 죽음이었다.

철컥—!

이어서 2팀장의 정수리에 싸늘한 총구가 닿았다.

"죽여라."

2팀장이 미간을 부르르 떨며 나지막이 입을 떼자 붉게 충혈 된 유한이 말했다.

"이 병원에다 무슨 짓을 한 거지? 말해라."

그랬다. 유한은 장지찬이 사라지던 시점에서, 2팀장과 그의 이야기를 전부 들을 수 있었다.

조금씩 예민해지고 발달하기 시작한 오감 덕분이었다.

멀찍이 떨어진 상황에서도, 그들이 나눴던 이야기가 바로 코앞에서 하는 것처럼 들린 것이다.

"뭘 설치했냐고 물었다."

그가 재차 입을 열자 그와 마주 보고 있던 2팀장이 싸늘하게 웃었다.

가소롭다는 듯이.

그것도 모자라 2팀장이 유한의 얼굴에 침을 뱉던 순간, 유한의 손이 빠르게 움직여 방아쇠를 당겼다.

탕—!

마지막 한 발의 총성이 울려 퍼지고 2팀장의 몸이 모로 쓰러졌다. 더 이상 시간을 끌어 봤자 무의미하다고 생각했기 때문이다.

그 때였다. 쓰러진 2팀장의 주머니에서 —삐 하는 소리가 들려오자 초시계가 돌아가는 소리가 유한의 귓가에 울려 퍼졌다. 곧 유한의 손에 쥐어진 것은 폭발 점화장치였다. 결국 설치라는 이야기가 오고 갔던 건, 폭탄에 관한 이야기였던 셈이다.

'남은 시간 단 2분.'

턱없이 모자란 시간이었다. 그는 이 순간 갈등했다. 엘리베이터 안에는 쓰러진 윤성희가 있었기 때문이다.

마지막부활

더 시간을 끌수록 그녀는 죽어 갈 것이다.

반드시 그럴 것이다.

하지만 그는 이곳에서 선택을 해야만 했다.

타닥—!

아주 짧은 몇 초 사이 고민했던 그는 이를 악물고 최봉팔이 있을 병실을 향해 복도 바닥을 박찼다. 둘 모두를 구하기 위해서는 이것이 최선일 거라 생각했기 때문이다.

'우선은 최봉팔의 생사를 확인한 뒤 다시 돌아올게. 조금만… 조금만 기다려 줘.'

유한은 사용할 수 있는 모든 기를 개방해 바람처럼 병실을 향해 달려갔다. 하지만 바람처럼 빠르게 움직이는 그에게도, 2분이란 시간은 무척이나 짧았다.

얼마 지나지 않아, 중환자실 근처에 당도하자 곳곳에서 군데군데 핏자국들이 보였다.

불길했다. 최봉팔이 잘못됐을 거란 생각이 그의 신경을 예민하게 만들었다.

이어서 그가 코너를 돌아 빠르게 중환자실의 문 앞에 당도했다.

문 앞에는 검은 양복의 시체들이 널브러져 있었다.

더불어 그 안에는 의사와 간호사들 또한 함께 섞여 있

었다. 중환자실 안에서 총소리를 듣고 뛰쳐나오던 중에 당한 것이 확실했다.

그 순간, 거친 숨소리와 함께 총이 장전되는 소리가 들려왔다. 아직 생존자가 있다는 이야기였다. 유한은 생존자가 총을 쏘기 전에 먼저 기습을 가했다. 벽에 부착된 의자 구석에 숨어 있던 생존자가 순식간에 유한의 손에 제압당했다. 하지만 놀랍게도 생존자는 최봉팔의 파트너 종만이었다.

그랬다.

그는 최봉팔이 있는 중환자실을 지키기 위해, 홀로 고군분투해 온 것이다. 사실상 그는 이미 가슴에 입은 총상으로 인해 반쯤 정신을 놓고 있는 상황이기도 했다. 얼굴도 제대로 확인하지 않고 총을 쏘려고 했던 것도 흐려진 의식 때문이었던 셈이다.

"드디어 왔군."

종만이 흐릿해진 눈으로 유한을 응시했다.

"이럴 시간이 없다. 안에 폭탄이 설치됐어. 어서 빠져나가야 해."

유한은 그 말을 내뱉으며 우선 안쪽에 있을 최봉팔을 확인했다. 최봉팔은 의료 장비에 둘러싸여 아직 숨을 쉬고 있었다.

졸지에 세 명의 목숨을 살려야 되는 처지에 놓인 것이
다. 그러나 체크해 둔 시간은 벌써 1분 안 쪽을 지나고
있었다. 시간이 급해진 유한은 우선 최봉팔의 호흡을 확
인하자마자 곧장 중환자실 복도 쪽의 창문을 향해 뛰어갔
다.

탕—! 탕—!

이어서 그가 열린 창문을 보자마자 총을 쏴대기 시작
했다. 창문을 통해 빠져나갈 요량이었던 것이다.

이윽고 쏟아진 총알 세례에 창문 틀 전체가 밖으로 떨
어져 나가며 사람 한 명이 충분히, 빠져나갈 수 있는 공
간이 생겼다.

"제발."

동시에 시간은 40초 언저리를 지나고 있었다.

▼　▼　▼

이번 병원 폭파 사건에 대해 현재 경찰 당국은 침묵을 지
키고 있습니다……

병원 근처, 카메라맨과 함께하는 기자의 숫자는 시간이 지날수록 늘어가고 있었다. 더불어 흔치 않은 폭발물 사건은 수많은 사람들을 충격의 공포로 빠져들게 하기에 충분했다.

치안이 어떤 나라보다 월등하다고 인식되어 있던 대한민국에서도 폭탄 테러가 가능하다는 이야기가 되어 버렸기 때문이다.

더불어 병원이란 특수한 장소 때문인지, 정확히 확인된 사망자는 물경 오십여 명이 넘어가고 있었고, 모든 언론과 국민의 시점이 이번 테러의 배후에 초점이 모아졌다. 하지만 경찰당국도 기자들도 무작위로 보이는 이번 사건에서 어떠한 흔적도 발견하지 못했다.

어떤 흔적도.

철컥—!

현관문 자물쇠가 열리고 낯선 그림자가 윤성희가 머물던 집 안으로 들어섰다. 그림자는 곧장 거실의 불을 켜지도 않은 채 그녀의 침실로 들어섰다. 이어서 화장대 앞에 자리 잡은 그림자, 유한은 뭔가를 찾으려는지 침실 안 화장대 밑 작은 서랍을 열었다. 그리고 그 안에 들어 있던 일기장 중 한 권을 꺼내 펼쳐 들었다.

당신이 죽었다는 걸 늘 자던 중에 새삼 깨달아요.

더 이상 내 곁에 없다는 것도 알아요.

그래도… 늘 이렇게 글을 남기는 건, 당신이 그리워서겠죠?

모든 것이 바뀌었어요.

이제 더 이상 나는, 내가 아니에요.

더 이상 내 곁에는 아무도 없거든요.

당신도, 그리고 가족들도 모두 나와 떨어지게 됐죠.

그럴수록 당신과 나눴던 이야기가 생각나고 아련해지네요.

당신이 살아만 있었다면.

어쩌면, 나는 어쩌면… 모든 걸 떠나 버릴 수 있었을지도 몰라요.

당신만 내 곁에 있었다면.

하지만 이제 이런 기도는 아무 소용없겠죠. 그래도 이렇게 글을 쓸 때면 늘 당신이 내 곁에 있는 것 같아요.

마치 당신과 대화하는 것 같은 기분이 들거든요.

난 이제 더 이상 누구와도 이야기하지 않아요.

이렇게 당신에게 보내는 편지가, 내 유일한 대화랍니다.

지켜보고 있는 거죠? 그렇죠?

보고 싶어요. 늘.

유한이 들고 있는 건, 그녀가 마지막으로 쓴 일기였다. 그리고 그녀의 서랍과 화장대 안쪽에는 그런 일기장이 빼곡히 쌓여 있었다. 이윽고 일기장 위로 유한의 눈가에서 눈물 한줄기가 흘러내렸다. 떨어진 한 방울의 눈물에 의해 종이 위에 쓰인 잉크가 눈물과 함께 번져 갔다.

'미안해.'

아무것도 할 수 없었다. 타이머에 맞춰진 시간이 남았음에도 폭발이 이뤄졌기 때문이다. 아마도 장지찬에게 또 다른 점화장치가 있었던 것이 분명했다.

그래서 그녀를 지키지 못했다. 그녀에게 향하려 하던 중에 폭발은 시작됐고 그 순간, 그가 선택한 건 불구덩이에 뛰어드는 것이 아닌 최봉팔과 숨이 붙어 있는 종만을 살리는 길이었다.

결국 그들을 데리고 뛰어내린 덕분에 그들은 살 수 있었으나 윤성희의 생사는 알 길이 없었다. 다만 죽었을 것이라 확신할 뿐이었다.

믿기지는 않았지만 누구도 총에 맞고 그만한 폭발 속에서 살아남을 수는 없다는 것을 스스로도 잘 알기 때문이다. 그래서 그는 그녀가 남긴 마지막 유언을 찾으러 왔다.

"집으로 가세요. 당신에게 하고 싶은 말이 있으니까."

죽기 전에 무슨 말이 그렇게 하고 싶었을까.

사실 그녀가 죽은 후, 그녀가 남긴 유언을 지울 생각도 했다. 며칠 사이 집 안에만 틀어박혀 온종일 그녀의 대한 생각을 지우고자 노력했던 것이다.

그러나 어느 순간 깨달을 수밖에 없었다.

이미 삶의 한 부분이 되어 버린 그녀를 지워 버릴 수 없다는 것을.

이미 그녀는 자신의 영혼 깊숙이 자리 잡아 버린 것이다.

"미안하다. 정말… 미안하다."

유한은 그녀가 남긴 일기장을 가슴에 안은 채 소리 없는 울음을 터트렸다.

❖ ❖ ❖

"후우."

총상이 다 낫지 않은 최봉팔은 욱신거리는 가슴을 붙잡고는 피고 있던 담뱃불을 껐다. 그러자 마침 서 밖으로 나오던 종만이 그에게 다가와 입을 열었다.

"한동안은 쉬라고 말씀드렸잖아요."

팔에 깁스를 한 종만이 나와서 타박 아닌 타박을 하자, 담뱃불을 발로 비벼 끈 최봉팔이 피식 웃으며 대답했다.

"깁스한 놈이 할 말은 아닌 것 같다만."

"그거야 뭐. 누누이 말씀드리지만 이건 영광의 상처 아닙니까? 하하."

최봉팔은 넉살 좋게 웃는 종만을 보며 속으로 고맙다는 말을 되뇌었다. 사실 종만이 아니었다면 죽었을 것이라는 생각이 든 탓이다.

당시 기억도 없고 종만이 굳이 이야기도 꺼내 주려 하지 않지만 정황으로 볼 때는 종만과 포그맨의 도움이 컸으리라 확신했다.

물론 자신을 도와 준 정체불명의 여인까지도.

'그 여자는 어떻게 됐을까.'

문득 궁금해진다. 적어도 눈빛만은 진실한 여자였는데.

"후우."

이윽고 찬바람이 불어오자 그는 이내 한숨으로 날려 보내고는, 다시 서로 들어가려 했다. 적어도 그 때까지는.

부웅. 부웅.

갑자기 호주머니 속에 넣어둔 휴대폰 진동이 울리기 시작했다. 마침 함께 안으로 들어가려던 종만이 왜 안 오냐며 채근을 하자 최봉팔이 손사래를 치며 종만을 먼저 들여보낸 뒤, 휴대폰 폴더를 열었다.

―몸은 좀 어때.

포그맨이다.

그놈의 목소리 정도는 이제 눈 감고도 알 수 있었다.

이내 그의 목소리를 들은 최봉팔이 무겁게 입을 열었다.

―이번 일로 빚이 있다고 생각하지 마. 아직도 넌 범죄자니까. 내 사전에 범죄자와 공조 따위는 없어.

―책임을 져야 한다면 질 것이다.

―뭐?

―모든 일에 책임을 지겠다고 했다. 단, 그놈을 잡은

이후에.

포그맨이 말하는 '그놈'이라면 분명 장지찬을 말함일 것이다. 병원 폭파 사건 이면에는 총을 떼거지로 든 놈들과 장지찬이 왔었다고 병원에서 자신을 지키던 종만에게 직접 들었으니까.

―종만이 녀석은 그 일을 떠올리기 싫은지, 별말이 없더군. 너는 모두 알고 있지? 그 여자는 어떻게 됐어?

―그녀는…….

그녀에 대해 묻자 잠시 둘 사이에 침묵이 감돈다. 최봉팔도, 포그맨이라 불리는 유한도 서로에게 뭐라 말하지 않고 잠자코 침묵을 이어 갔다.

―죽었다.

이어지는 그의 음성과 함께 최봉팔이 자신도 모르게 한 손으로 이마를 짚었다. 머리가 갑자기 지끈거리며 아파 온다.

―어떻게?

―그대를 구해야 했다.

나지막한 유한의 음성에 최봉팔이 이를 꽉 물고 있다 이내 다시 담배를 물며 뒷말을 덧붙였다.

―그래야 했겠지.

이해한다. 그리고 여자를 살리고 싶지 않았겠나.

하지만 정작 최봉팔 스스로가 견디기 힘들었던 것은 그 여자는 죽고 자신이 살았다는 점이다.

―왜 나였나?

최봉팔은 유한의 선택의 이유가 궁금했다. 아무리 급박한 상황이었다고는 하나, 자신이 죽는다면 도리어 편해질 유한이라고 생각했기 때문이다. 그러나 유한의 대답은 그가 생각했던 것과는 정반대였다.

―난 누구도 선택하지 않았다.

―뭐?

―폭탄은 일찍 터졌고 그 순간에 내가 할 수 있는 거라곤, 폭발 속에서 당신들을 지켜 내는 것뿐이었다.

나지막한 그의 말에 최봉팔은 입에 가져다대던 담배를 힘없이 떨어트렸다.

'그래. 그랬겠지.'

이미 자신은 유한을 사람의 한계를 뛰어넘는 괴물이라고 인식하고 있었는지도 모른다. 그래서 그라면 무슨 일이든 할 수 있을 것이라고 믿고 있었던 것이다.

그러나 현실은 달랐다.

그 또한 인간이었고 주어진 한계가 있었다.

모든 것이 그의 뜻대로 돌아가는 게 세상은 아니니까.

―잡을 건더기가 있어야지. 그 새끼, 요리조리 빠져나가는 데는 선수더군.

사실 잠시 쉬는 동안 장지찬에 대해 알아봤다.

그러나 건진 건 단 한 가지도 없었다.

모조리 합법적이고 깨끗한 이미지의 재단 이사장이었던 것이다. 그저 확실한 것이라곤 그가 자주 접선하는 국회의원이 있다는 정도였다.

―제임스 정을 기억하나.

―너와 관련되어 있다는 걸 알고 있지. 그리고 과거 병원 테러 사건에 전말에 대해서도 대강 알 것 같아.

유한은 휴대폰 너머로 들려오는 그의 말에 한 치의 주저함도 없이 대답했다.

―쉽게 떠볼 생각은 하지 않는 것이 좋을 것 같군.

―대체 넌 뭐하는 놈이었을지, 궁금하기도 해. 전직 특수 요원이기라도 한 건가? 분명히 군 기록에는 네가 남아 있을 것도 같단 말이지. 그런데 고태윤을 파고들려고 하면 내 정보 접근 권한 가지고는 어림도 없다고 하더군. 그래서 사실 종만이를 시켜서 이효숙을 좀 파게 했어. 그런데 어디에도 그녀의 기록이 없더라. 기존에 있던

주소의 집은 이미 부서질 대로 부서졌고 말이야. 뭐, 결론은 너에 대해 알아낸 게 고작해야 정상적인 군 제대를 했다는 것 정도지. 대한민국 사람이라는 거랑.

—많이 알아냈군.

유한은 진심을 담아 대답했다.

어디에도 흔적을 남기지 않았다 자부한건만, 어느 정도의 직관과 정보만으로 자신이 군을 나왔고, 고태윤과 관련이 있을 거라는 확신을 하고 있는 건 충분히 대단하다고 여길 만했기 때문이다.

—너 같은 놈한테 칭찬이나 들으려고 한 소리는 아니고, 제임스 정에 관한 이야기를 하려고 운을 뗀 거야. 현재까지도 제임스 정에 관한 수사는 계속되고 있어. 누군가 개입되지 않았다면 이렇게 수사를 질질 끌 사람들이 아닌데 말이야.

—장지찬이 있다고 보나.

—장지찬과 연결된 국회의원이 있다고 봐. 아닌가? 나는 그중 정총만을 용의자 선상에 두고 있어. 네가 제임스 정과 관련 있다는 것도 너와 정총만 사이에 어떤 연결점이 있을 거라는 추측에 한몫을 했지만 더욱이 내가 확신하는 이유는 아주 간단하지. 정계에서 산업부장관을 최측

근으로 두고 있는 것이 정총만이거든. 더욱이 부산항만공
사 사건 기억하고 있겠지.

—물론.

부산항만공사 사건은 최봉팔의 가장 친한 동료였던 유
신호의 죽음이 얽힌 사건이었다. 그 과정에서 최봉팔과
유한 또한 목숨을 잃을 뻔한 경험을 가지고 있었다.

—그때의 일을 난 절대 잊지 못했고 분명히 신호 형이
그렇게 된 데 큰 이유가 있을 거라고 확신했다. 덕분에
진즉 한 가지를 알게 됐지. 당시 그 미술품목이 향하는
특별민족문화재단의 이사장이 장지찬이라는 사실을 말이
야. 허면 맞춰지지 않는 조각들이 딱딱 들어맞는 셈이 되
지. 너는 이미 알고 있었겠지?

—그래.

—왜 얘기하지 않았냐.

—무턱대고 덤벼들 것이 분명해 보였다.

—그건 네가 판단할 일이 아냐!

고함을 치는 최봉팔은 잔뜩 독이 올라 있었다. 그도 계
속적으로 당하기만 하는 일련의 상황들에 대해 화가 많이
났던 것이다.

더 이상 침착함을 유지할 수 없을 만큼 상대에 대해 언

은 것은 그리 많지 않았다.

하지만 최봉팔은 한 가지를 간과하고 있었다.

어느새 그도 모르는 사이, 그가 진실에 접근하고 있다는 것을.

물론 유한은 그런 최봉팔과 달리 그가 자신이 바라는 길을 향해 천천히 다가오는 것을 확연히 느끼고 있었다.

그래서일까?

그는 이쯤 되서 정총만에 관한 이야기를 할 때가 온 것을 직감했다.

—정총만에 관해서 얼마나 알고 있나.

어느 정도 그가 진정된 듯하자 유한은 곧장 이야기를 이어 갔다. 최봉팔도 마음을 추스른 듯 방금 전과는 달리 덤덤해진 목소리로 대답했다.

—대선후보지. 그리고 선진노동당 당 대표기도 하고. 그리고 정치인들 중에 제일 뒤가 구릴 거야. 아마. 대선후보쯤 되려면 뒤가 구리지 않고서는 권력을 잡을 수 없지. 하지만 허점이 많다 해도 그를 건드릴 만한 간 큰 작자는 얼마 되지 않아. 인맥도 인맥이거니와, 똥 묻은 개가 겨 묻은 개를 나무랄 수는 없을 테니. 정치에 입문하려면 스스로 더러워지는 법부터 한다는 말이 왜 나돌겠어?

—장지찬과 연결 고리가 있다면, 지금까지의 일들이 설명이 될 테지.

사실 장지찬과 정총만 엮기 시작한 건, 진즉부터지만 그들이 왜 엮였는지에 대해 알아내는 건 꽤나 오랜 시일이 걸렸다. 그리고 준호가 최근 들어 새로운 추측을 시작했다. 단순히 둘의 거래를 주식 거래와 비리만으로 볼 것이 아니라 모든 일의 연장선에 염두해 두자는 이야기였다. 그러자 또 다른 가설이 생겼다.

항만공사의 죽음과 정총만이 어떻게든 연관이 있다면? 사실 지금껏 준호를 비롯한 드림팀원 전부는 AST가 관련자들에게 어떤 이득을 주는지에만 감시를 해왔다. 그러나 생각을 바꾸면 AST가 그들에게 받을 수 있는 이득에 대해서는 잠시 내려놓고 있었다는 이야기다.

그렇게 생각하자 새로운 이야기가 나올 수 있었다.

정총만은 장지찬이 가지고 있는 재단을 후원하고 있다!

그 후원은 비단, 미술관뿐 아니라 산업부장관까지 움직이고 있다. 허면 산업부장관이 지정한 미술품들이, 미술품이 아니라는 것을 입증한다면 상황이 바뀐다.

그렇게 세워진 가설을 토대로 드림팀은 현재 활발히 움직이고 있었다. 더불어 유한은 이제, 장지찬에게 어떻게든 접근하려는 최봉팔을 도울 계획을 수립하기 시작한 것이다.

　―네 말대로 정총만의 입김이 있었다면 산업부장관에게 특별 품목으로 지정하라고 압력을 넣는 건 일도 아니었을 거야.

　유한의 이어진 설명을 듣고 난 뒤 최봉팔은 충분히 그의 말에 동조했다.

　얼마 전 노지철에게 그가 했던 이야기도 비슷한 맥락이었기 때문이다.

　다만 지금껏 최봉팔이 배후의 중심에 T케미칼과 장지찬이 있을 거라는 생각을 해온 것이라면 지금 유한의 말은 음모의 배후가 정총만과 장지찬이라는 이야기나 진배없었다. 그리고 최봉팔이 생각하기에도 유한의 말이 훨씬 신빙성이 높았다.

　T케미칼이 정총만을 움직이기에는 별다른 연결점은 찾을 수 없었던 까닭이다.

　하나 정총만이라면 다르다.

　그는 장지찬과 선박물에 관한 것으로 충분한 연결점을

찾을 수 있었다. 항만 사건의 배후에 있을 충분한 권력을
지닌 사람인 것이다.

더욱이 최봉팔은 그동안 놀고 있지만은 않았다.

T케미칼과 AST 사이에서도 확실한 접점을 찾은 것이
다.

현재 T케미칼의 가장 큰 주식을 보유하고 있는 이건호
가 장지찬이 운영 중인 또 다른 복지 재단 푸른나무 재단
에 매년마다 큰 액수의 금액을 기부하고 있었기 때문이
다.

최봉팔이 볼 때 이건 단순한 기부가 아니었다.

더구나 그 복지 재단이 장지찬과 연관이 있음을 고려
했을 때 T케미칼 또한 분명히 장지찬과 연결되어 있는
자들 중 하나였다.

'결국 장지찬 그놈이 확실한 배후였어.'

이젠 단순한 직감이 아닌 물증 그 이상의 것을 얻었다.
그 때 유한의 목소리가 재차 들려왔다.

—그들이 실어 올 물건의 날짜에 따라서 움직이는 것
이 좋겠다.

—아직도 그놈들이 거래하는 건 확실한가?

—여전히 장지찬의 재단은 문화부장관의 협조를 받고

있으니 내 예상대로라면 아직도 그들의 거래가 끝나지 않았다는 것을 의미한다. 아직 그들이 거래는 끝나지 않았을 것이다.

─젠장. 하지만 그 컨테이너의 수화물을 확인할 만한 영장은 받지 못할 거야.

─필요하다면 나를 이용해라. 당신은 나의 행방을 좇다가 컨테이너 박스를 확인하게 됐다고 하면 되겠군.

─미쳤군?

─예고된 범죄도 있지 않나. 충분히 경찰 당국도 진지하게 받아들일 것이다.

─그거야 네가 나타날 거라는 확실한 증거를 댄다면 경찰청 전체가 깊게 개입할 가능성이 높지. 그런데 그 전에 물으마. 네가 통보 식으로 그곳에 나타난다면 저격수가 배치될 거야. 네 머리통이 두 개가 아닌 이상 반드시 터진다고.

─대비를 하지.

─대비 가지고는 턱도 없어. 내가 널 돕는다고 해서, 수사를 돕지 않겠다는 얘기는 아니야. 난 네놈도 잡아야 하니까. 네놈이 빠져나갈 틈도 없이 그 주위를 폐쇄할 거야. 그래도 정말 할래?

넌지시 묻는 최봉팔의 목소리에 유한은 기다릴 생각도
않고 그의 제안을 수락했다. 그리고는 최봉팔을 향해 재
차 말을 이었다.

─녹음이 된 테이프를 당신 앞으로 보내지. 정총만의
화물을 노리는 것이 아닌, 나를 잡는 것이라고 한다면 영
장을 충분히 내줄 거라고 본다.

사실 그가 테이프를 보내겠다고 한 건 영장이라는 이
유뿐 아니라, 최봉팔이 자신과 관계됐다는 오해를 받게
하지 않기 위해서기도 했다. 괜히 최봉팔이 휴대폰으로
그의 목소리를 녹음했다가는, 경찰 당국에서 그들의 연결
점을 찾아낼 수도 있었기 때문이다.

그런 맥락에서 차라리 최봉팔의 서로 예고 범행이 담
긴 녹음테이프를 보내는 편이 훨씬 나을 거라고 판단한
것이다. 최봉팔도 그러한 유한의 마음을 이해한 듯 군말
없이 그의 선택에 응했다.

"좋아. 기다리지."

이번에는 그들 차례였다.

폐쇄된 공장의 지하 창고는 기록상으로는, 엄연히 비맥회 소속의 기업의 것으로 되어 있었지만 실질적으로 창고를 쓰는 건 유한이었다.

탕ㅡ! 탕ㅡ! 탕ㅡ!

오랜만에 저격용 라이플 SSG—3000을 든 유한은 대리석으로 만든 표적 판에 다섯 발의 장탄이 쏘아졌다.

가끔씩 마음이 어지럽거나 혹은 갈피를 잡지 못할 때 그는 종종 지하 창고에 와서 사격을 하고는 했다. 이윽고 사격이 멈추고 유한이 귀를 막았던 귀마개를 빼자 등 뒤에서 기다리고 있던 문수가 다가왔다.

"소식 들었습니다. 왜 말씀하지 않으신 겁니까."

윤성희에 관한 이야기다.

"어떻게 알았어?"

"도련님의 안위를 걱정하는 건 저뿐만이 아닙니다."

그림자를 통해 알아낸 사실인 듯했다. 그렇다면 굳이 입 아프게 설명할 필요는 없을 것 같았다. 유한은 자신을 애써 덤덤하게 바라봐 주는 문수에게 고마움을 느끼며 재차 입을 열었다.

"안쓰럽게 쳐다봐도 돼. 문수는 그럴 자격 있어."

"도련님을 동정하는 건, 제가 맡은 업무가 아닙니다."

"고마워."

유한은 나지막한 음성으로 대답하고는 들고 있던 라이플을 총기 보관함에 넣었다. 동시에 문수가 가지고 온 몇 가지 서류들을 덩그러니 놓인 책상 위에 올려 두었다.

"그림자를 통해 알아보라고 말씀하신 선적물들에 관한 서류입니다. 더욱이 선적 화물 목록에서 장지찬의 재단으로 향하는 물품이 들어오는 부두를 알아냈습니다. 제3부두더군요. 날짜도 적혀 있습니다."

"고마워. 그나저나 이제 대선이지?"

"네."

문수가 고개를 끄덕였다. 유한의 말대로 드디어 대선의 해가 다가왔다. 거리는 대선 후보의 선거 유세로 가득했고 시민들 사이에서는 누가 대통령의 자리에 오르는 것이 옳은지에 대해 열띤 토론이 이어졌다.

그러나 선거에 관한 일 말고도 각종 뉴스에서 나오는 테러에 관한 이야기는 선거에 대한 얘기 이상으로 커지고 있었다.

"장지찬이 벌인 일에 대해 북한의 도발이라는 뉴스가 나오더군. 작정하고 자기들이 한 짓을 가리려는 거야."

서류를 손에 쥔 유한이 덤덤한 목소리로 말했다.

그러나 무미건조한 목소리와는 달리 서류를 쥔 그의 손에는 잔뜩 힘이 들어가 있었다.

"도련님."

그 때 잠자코 그를 바라보던 문수가 무겁게 입을 뗐다.

"얘기해."

유한이 서류에 시선을 고정한 채 대답했다. 그러자 잠시 말을 잇지 못하던 문수가 이윽고 힘겹게 말을 이었다.

"이 말씀은 꼭 드려야 할 것 같았습니다."

"……."

"저는 이미 윤성희의 소재를 알고 있었습니다. 그녀가 어디에 머무는지는 몰랐으나 잠시 중국으로 떠났다가 한국으로 돌아온 것을 말입니다. 도련님께 따로 말씀을 드리지 않는 것에 대해 변명은 하지 않겠습니다."

"어쩌면 그럴지도 모른다는 생각을 했어."

"어떻게……?"

"적어도 각계각층에 퍼져 있는 그림자에게 보고를 받고, 내가 필요한 정보들을 선별하는 문수가 윤성희의 존재를 잊을 리가 없을 테니까. 더욱이 그녀는 요주 인물이었잖아?"

"죄송합니다."

"사과할 것 없어. 문수가 왜 그랬는지 정도는 충분히 이해하니까. 내가 아까 한 말 못 들었어?"

유한은 놀랍도록 차분했다. 그래서일까? 문수는 그의 태연한 모습이 더욱 불안해 보였다. 적어도 유한이 윤성희에게 어떠한 감정을 지니고 있는지 너무 잘 알고 있는 까닭이었다.

그러나 지금 유한의 태도는 윤성희의 죽음에 어떠한 관심도 없는 것처럼 보였다. 이래서는 더 이야기를 해 봤자 유한의 깊은 속내를 들을 수 없을 듯 보였다.

유한이 뒷말을 덧붙이기 전까지는.

"나는… 그녀가 죽기 전까지도 그녀를 지웠다고 생각했어. 그녀가 뭘 좋아하는지, 뭘 바랬었는데, 나와의 결혼을 얼마나 고대했었는지들을 떠올리기 전까지는 말이야."

천천히 들고 있던 서류를 내려놓은 유한의 슬퍼진 눈동자가 문수의 마음을 뒤흔들어 놨다. 문수는 그와 마주하면서도, 단 한마디도 할 수가 없었다.

다만 입술을 꾹 다물 뿐이었다.

"그녀가 서랍 안쪽에 모아 둔 일기장들을 봤어. 그녀는 이후의 삶을 나에 대한 죄책감으로 살아 간 거야. 백

청후가 죽은 것까지 말이야."

"……."

"그 모든 이야기의 중심엔 장지찬이 있어. 그리고 내 사람들이 나의 곁을 떠나간 모든 이유이기도 해. 이젠 정말 막바지야. 그놈은 초조해하고 있으니까."

냉정해진 유한의 눈빛을 마주한 문수는 조용히 눈을 감았다.

이미 자신이 뭐라 하든 유한은 조용히 자신의 길을 가기로 한 것 같았다. 더 윤성희에 관한 이야기를 나눠 봤자 유한의 마음만 상할 뿐이다.

문수는 자연스럽게 화제를 돌렸다.

"이제 어쩌시렵니까."

"계속 진행해야겠지. F건설은 드림팀 전원에게 맡겨 둬. 나는 다시 본사로 돌아갔다고 전화를 넣으면 되니까. 문제될 것 없을 거야. 본사의 보고는 보통 총책임자의 몫이잖아."

"일리가 있으십니다."

"다른 일을 해야 해."

"제가 알아온 일과 연관이 있으신 겁니까."

"부정하지 않을게. 장지찬과 정총만이 어떻게든 커넥

선이 있다는 건 이미 충분히 추측 가능한 일이니, 이 두 사람을 어떻게 엮을지 생각을 해 봤어."

유한은 그 말을 하며 지하에 설치한 대형 스크린을 열었다. 대형 스크린이 천천히 바닥에서 위로 올라와 가동되자 유한이 가까이 다가가 자신이 정리한 관계도 표를 문수에게 보였다.

"정총만과 장지찬이 어떤 커넥션으로 연결되어 있는 우리가 현재까지 알아낸 관계도야. 더욱이 정총만 장지찬과 결탁한 전 기업의 다른 투자자의 이름으로 주주가 되어 있어. 놀랍게도 부인이더군. 그런데 왜 이렇게 쉬운 관계를 그림자들이 파악하지 못했을까?"

"글쎄요."

"여기엔 재미있는 사실이 있어. 우선 첫 번째 다른 명의의 투자자는 바로 그의 현재 부인인 박혜자고 이 박혜자에 관한 서류는 쓸 만한 게 아무것도 없어. 더욱이 박혜자의 병원 치료 기록은 십 년 전 것밖에 없어. 그래서 더 진료 기록을 알아봤지. 그랬더니 박혜자 씨의 마지막 병원 기록은 교통사고였어. 오른쪽 다리 마비 판정을 받았지."

"하지만 박혜자는 현재 건강한 상태입니다."

문수 또한 정총만에 관해 정보가 빠삭했지만 진료 기록을 살펴볼 생각은 하지 못했다. 살아 있는 박혜자의 진료 기록을 살핀다고 더 나은 정보가 나올 것 같지도 않았기 때문이다. 그런데 유한의 말이 확실하다면 지금 이 일은 충분히 엄청난 파괴력을 가진 정보가 될 수 있었다.

"그래. 그럼 완치가 된 걸까? 아님, 진료 기록이 잘못된 걸까? 그것두 아니면."

유한의 강렬해진 눈빛에 문수가 마른침을 삼키며 뒷말을 덧붙였다.

"전혀 다른 사람이겠지요."

문수가 기다렸다는 듯 말을 잇자 유한도 동조하며 고개를 끄덕이고는 다시 스크린을 향해 고개를 돌렸다.

아직 할 이야기가 남아 있었던 것이다.

"그럼 가정을 해 보자. 박혜자가 전혀 다른 사람이라면, 정총만이 그 사실을 알까? 모를까?"

"알 겁니다."

"왜지?"

"정총만 같은 자가 박혜자에 관해 모를 리가 없습니다. 결혼하기 전에도 AST를 통해서든, 다른 자의 손을 통해서든 박혜자의 뒷조사를 시켰을 겁니다. 굳이 추측을 한다면 그가 뒷조사를 했다는 가정이 더 확률이 높아 보입니다."

"그래. 그렇다 치자. 하면 무엇 때문에 신분이 확실하지도 않은 박혜자와 혼인했을까? 대체 왜?"

그 '왜' 라는 질문에 문수는 잠시 고민하다가 한 가지 가설을 덧붙였다.

"정총만에게 어떤 식으로든 이득이 됐겠지요."

"왜?"

또다시 들려오는 유한의 반문에 문수의 눈빛이 깊게 가라앉았다.

"우선 집안은 아닐 겁니다. 박혜자에게는 어떤 배경도 찾을 수 없었습니다. 그럼 AST 쪽의 인물이 아닐까요? 장지찬이 정총만을 더 효율적으로 끌어들이기 위한 수단으로 이용된 겁니다."

"지금으로써는 가장 정석적인 대답을 해줬어. 고마워. 문수."

"별것 아닙니다. 그런데 이것이 정석이라면, 도련님께서는 다른 생각을 하고 계신 겁니까?"

"응."

유한은 그 말을 하며 탁상에서 서류 한 장을 집어 들어 문수에게 건넸다. 문수가 서류를 받아들고는 살핀지 1분여, 갑자기 그의 눈이 크게 뜨이기 시작했다.

"박혜자의 집에서 전혀 비슷한 듯하지만 전혀 다른 얼굴의 여자가 정총만의 집 밖으로 나와 T케미칼의 이건호 집으로 가더군. 불륜일까? 물론 그럴 수도 있겠지. 하지만 이건호 또한 정총만과 연관이 있는 자야. 장지찬의 도움 덕분에 T케미칼을 잡아먹을 수 있었던 자인데, 장지찬이 과연 그 둘의 불륜을 가만히 지켜볼까? 언제 깨질지 모르는 화합을?"

"……."

"그래서 이건호를 좀 캐봤어. 그랬더니 재미있는 이야기가 나오더군. 이미 정총만과 이건호는 어린 시절부터 알고 지냈던 사이야. 더욱이 말소되었던 사건이 하나 더 있었어. 정총만과 이건호, 그리고 이혜숙이라는 여자 사이에서 벌어진 일말이야."

"설마?"

"그 사건은 이혜숙의 실종으로 처리되어 미해결 사건이 됐어. 하지만 아무래도 그 중심에는 당시 그들의 부모들의 영향력이 있지 않았나 싶어."

"사라진 이혜숙이 현재의 박혜자라고 생각하시는군요."

"맞아. 그런데 여기서 간과해서는 안 되는 건, 대체 왜 이냐지. 왜 그들은 살아 있는 이혜숙을 전혀 다른 박혜자로 바꿔 버린 것일까? 대체 무엇 때문에? 그리고 정총만은 그런 그녀를 왜 자신의 부인으로 맞이했을까?"

"……."

유한의 이어지는 질문들에 문수는 머리가 복잡했다. 늘 복잡한 업무를 도맡아 오는 그로서도 지금의 문제는 쉬이 추측을 하고 정리를 할 만한 것이 못된다고 생각했던 까닭이다.

지금부터는 잘못 미끄러지면 전혀 다른 사실로 추측이 될 수 있다.

한 가지, 한 가지 추측을 할 때마다 상황의 개연성을 확인해야 했다. 유한도 섣불리 판단을 내리지 않으려는 듯 입술을 앙다물며 눈을 굴렸다.

그 때였다.

잠시 서류들을 확인하던 유한이 생각이 정리된 듯, 나직한 음성으로 문수를 향해 말했다.

"탈세야. 애초의 정총만이 사람을 시켜, 주식을 보유하게 한 건 냄새를 맡은 자들이 더 깊은 사실을 알아낼까 봐서인 거지. 분명 박혜자에 관한 사실이 퍼진다면 정총만은 재기불능이 될 테니까. 결국 박혜자, 아니 이혜숙은 박혜자와 이혜숙 두 가지 신분을 전부 사용하고 있는 거지. 준호에게 이혜숙으로 등록되어 있는 재산 보유를 확인해 보라고 해야겠어."

"결국 그녀는 정총만의 재산 장부처럼 이용당하고 있는 겁니까."

"내 추측이 맞다면 아마도 그러겠지."

"그에게 정말 가족이란 의미가 무엇일까요."

문득 정총만이라는 인물의 생각이 궁금해진 문수의 물음에 유한도 고개를 좌우로 저으며 말했다.

"글쎄. 예전에 이 선생께 교육을 받을 때 심리학에 관한 공부를 기본 정도만 한 적이 있어."

이충호를 말함이었다. 동시에 유한의 목소리가 이어졌다.

"소시오패스에 대해 알고 있어?"

"반사회적 인격 장애라는 것을 알고 있습니다."

"그는 자기중심적이고, 무책임하며, 권력욕으로 가득차 있지. 자기중심적이지 않다면 자신이 사랑하는 부인인 이혜숙을 계속 죽은 사람으로 살아가게 만들지는 않을 테니까 말이야. 이런 점들을 따져 보면 얕은 내 지식으로도 정총만이 소시오패스라는 건 충분히 예상할 수 있어. 물론 추측일 뿐이지만."

"추측 정도가 아니라 확신하시는 듯합니다만."

"글쎄. 소시오패스라는 사실은 확신할 수 없지만 말이야. 그놈이 미친놈이라는 건 확실하잖아? 소시오패스와 미친놈은 엄연히 다른 말이라고."

"왜 저는 그 말이 그 말처럼 들리는지 모르겠습니다."

문수의 말에 유한은 엷은 미소로 대답을 대신하고는, 챙긴 서류를 다시 문수에게 건넸다.

"문수가 챙겨 준 서류에서 내가 알아본 정보를 합쳐 둔 파일철이야. 준호에게 건네 줘."

"그런데 제3부두의 화물 위치도는 무슨 일로 필요하신 겁니까?"

이미 문수는 유한이 움직일 것을 어느 정도 예상하고 있었다.

움직이지 않을 것에 대해 정보를 부탁하는 그가 아님을 아는 까닭이다.

"개인적으로 움직일 사항이야."

유한은 애써 화제를 돌리며 대답하기를 꺼려했다. 문수가 함께 가겠다며 성화를 부릴까 봐서였다.

"드림팀도 함께 움직이는 것이 좋지 않겠습니까."

역시나 염려 섞인 문수의 대답이 들려왔다.

물론 유한도 문수의 걱정을 충분히 고려하고 있었다.

하지만 이번 일은 홀로 움직이는 편이 나을 법한 일이었다.

더욱이 이번 일은 그뿐 아니라 최봉팔의 협조로 인한 공조 작전이었다. 주변 지역에 드림팀이 있다면 도리어 이 일에 얽혀들 가능성이 있었다.

결국 반드시 혼자 해야 하는 일인 셈이다.

"혼자 해야 해."

이윽고 들려오는 유한의 대답에 문수는 잠시 입을 다물었다가 이내, 고개를 끄덕여 동의했다.

"후방 지원도 원치 않으시겠지요?"

"그렇게 도와주고 싶다면, 두 가지 부탁할 것이 있어."

유한이 편안한 웃음을 보이며 대답하자 문수가 뭐라도 하겠다는 얼굴로 바짝 다가섰다. 그러자 유한이 들고 있던 화물 위치도를 다시 문수에게 건넸다.

"한 가지는. 헬멧과 연결된 통신으로 화물이 선적된 컨테이너 박스의 위치를 알려주면 좋겠어. 가능하겠지?"

"물론입니다. 두 번째는 뭐지요?"

"두 번째는 매스컴을 움직이는 거지."

씩 웃은 유한은 그 말을 하며 자세한 설명을 아꼈다. 그러나 매스컴을 움직인다는 말로도 설명은 충분했다. 유한은 자신이 하는 행동을 이슈화 시킬 생각이었던 것이다.

이윽고 그의 의중을 예상한 문수가 마른침을 삼키며 물었다.

"언제 출발하십니까?"

"내일 새벽에 부산으로 떠날 거야."

"부산에 당도하시거든, 직접 연락을 주셔야 합니다."

"그래."

문수는 유한의 대답을 듣고 나서야 안심이 된다는 얼굴로 유한과 함께 지하실 밖으로 발길을 돌렸다.

"사실 많이 걱정됩니다."

밖을 향해 유한과 나란히 걸어가던 문수가 유한을 쳐다보지 않은 채로 입을 열었다. 그러자 유한이 고개를 돌리며 알고 있다는 투로 대답했다.

"알아."

"누구도 괜찮지 못합니다. 울기라도 하셨어야 합니다. 적어도 저는 도련님께 그럴 만한 사람이라고 생각합니다."

"그것도 알아."

"그런데 어째서."

"아직 때가 아니니까."

지하 위로 올라가는 엘리베이터에 타지 않고, 우뚝 걸음을 멈춰 세운 유한은 낮게 깔린 목소리로 대답했다.

그러자 문수의 눈에 의아함이 감돈다.

무슨 때를 말하는 것일까?

"그녀의 무덤 앞에 당당해질 때, 울겠어. 그 땐 문수가 함께 있어 주길 바래."

하지만 뒤이어 울려 퍼지는 유한의 말을 듣고 나서야 문수는 이해할 수 있었다. 그는 그녀를 잊으려 하는 것이 아니라, 가슴에 묻으려 하는 것임을.

그제야 문수의 눈에 그의 슬픈 눈동자가 들어왔다.

유한은 충분히 슬퍼하고 있었던 것이다.

다만 무너지지 않기 위해 버텨 내고 있을 뿐이었다.

❦   ❦   ❦

최봉팔은 영장 발부를 받자마자 자원을 해, 사하서에

협력하기로 노지철에게 허락을 받았다. 관할구역이 강서구에 한정되어 있는 최봉팔이 합법적으로 사하서에 협조할 수 있는 길을 찾은 까닭이었다.

물론 포그맨에 대한 조사를 최봉팔이 담당처럼 해왔기 때문에 사하서에 충분한 자문 역할이 가능하다는 노지철의 판단 덕분이었다. 노지철은 직접 사하서에 전화를 걸어 사하서 반장과 직접 통화를 한 뒤 최봉팔을 내려 보냈다.

사실 사하서 강력계의 형사들은 이미 진즉부터 최봉팔을 알고 있었기에 그가 오는 것에 크게 불만을 보이지 않았다. 다만 앞으로가 문제였다.

최봉팔의 성격상 그들이 사건을 주도 하게끔 놔두지 않을 것이기 때문이었다. 노지철도 그를 보내기 전 그 점이 걱정된 듯 몇 번의 당부를 거쳤다. 그리고 지금 최봉팔은 포그맨이 오겠다고 한 부산을 향해 차를 몰고 가고 있었다. 때문에 그의 옆에는 늘 함께하는 종만이 없었다.

협조 자문처럼 가는 것이기에, 노지철은 종만까지 사하서로 함께 보내지 않은 것이다. 둘을 전부 보내 버리면 사하서에서 괜한 분란이 생길까 염려한 까닭이었다.

그런 노지철의 결정에 최봉팔도 별다른 불만을 보이지는 않았다.

사실 최봉팔 또한 이번 일에 종만을 끌어들이고 싶지 않았던 탓이다. 괜히 포그맨에 협조하는 자신과 얽혔다가는, 진급도 치러야 할 종만에게 불리한 일이 생길 것임을 걱정한 처사였다.

도리어 노지철의 결정 때문에 그는 마음 편하게 사하서로 향할 수 있었던 것이다.

"정총만이라……."

사실 영장을 받을 수 있었던 가장 큰 사안은 포그맨의 등장 때문이었다. 과거 제임스 정으로 이미 사회적 물의를 빚었던 그였기에 경찰당국에서도 그를 잡는 데 초점을 맞춘 것이다.

만약 영장을 정총만에 초점에 맞춰, 청했다면 영장은 결국 나오지 않을 것이 뻔했다.

'더럽군.'

검사진 마저 믿을 수 없게 된 상황 속에서 사실, 최봉팔이 기대는 건 동료들과 포그맨뿐이었다. 더욱이 자신이 머물던 병원에서 일어난 폭파 사건은 최봉팔 스스로, 죄책감을 가지게 만들었다. 자신을 노린 지들이 벌인 짓임을 강하게 직감한 까닭이었다. 그래서 그는 당시 피해자인 자신에게 몰려온 언론에게 전부 같은 대답을 반복했다.

─수술 중 약에 취한 상태여서 기억이 나질 않습니다.

한결같은 그의 대답에 언론의 관심이 시들해졌고 최봉팔은 덕분에 기운을 차리자마자 서로 조용히 복귀할 수 있었다.

하지만 그건 어디까지 언론을 떼어 내기 위한 그의 수단이었다.

실질적으로 그는 자신을 노린 자들에 대한 분노를 여전히 가지고 있었다. 포그맨과 공조 수사를 벌이려고 마음먹은 것 또한 그 때문이다.

어쩌면 자신의 경찰 인생 전부가 뒤흔들 만한 일일 수도 있었다.

하지만 누군가는 해야 했고 자신은 그 일을 반드시 마무리 짓고 싶었다. 적어도 누구의 손에도 이번 일을 맡기고 싶은 생각은 없었던 것이다.

'아들, 아버지가 다 잡아넣을 거야.'

그는 고집스러워 보이는 입술을 앙다물며 백미러에 걸

린 아들의 사진을 응시했다. 그의 아들인 최기영은 환하게 웃고 있었다.

그 웃음을 보며 최봉팔은 다시 한 번 마음을 다 잡았다.

적어도 자신의 아들이 살아갈 세상은 자신이 살던 때보다는 깨끗해질 거라는 믿음으로.

❦ ❦ ❦

AST의 안전가옥.

똑똑.

장지찬의 집무실로 하얀 가운을 입은 연구원이 찾아왔다. 장지찬이 직접 중국에서 데리고 온 감마선 연구 팀장이었다.

"말씀하신 일을 끝냈습니다. 보시겠습니까."

"그러죠."

장지찬은 연구원의 말에 빙긋 웃고는 곧장 그를 따라 복도를 지났다. 이윽고 그들이 향한 곳은 과거 김소홍이 죽었던 지하실이었다. 이제 그곳은 더 이상 예전처럼 아시아계의 무술인들을 잡아넣고 죽을 때까지 싸우게 만드는 투기장이 아니었다. 대신 인체에 관해 연구하는 연구실로 변한지 오래였다.

치익.

연구실 문이 열리고 안으로 들어선 장지찬은 눈앞에서 이리저리 움직이는 연구원들을 보다가 방탄유리로 폐쇄되어 있는 살균 방을 응시했다.

방 안에는 얼굴이 흉측하게 일그러져 있는 우도영과 비교적 깨끗한 상태의 얼굴인 봉육달이 누워 있었다. 그리고 그 둘의 핏줄과 전신에는 온갖 호스들이 연결되어서 기괴한 풍경을 보였다.

마치 둘 모두 실험 대상이 된 것처럼.

"우도영 노사의 DNA는 흔치 않습니다. 특별한 연구 대상이지요. 더욱이 대한민국의 뛰어난 무인이었던 봉육달의 몸은 일반인에 비해 비정상적인 노화 방지를 보이고 있었습니다. 경이로운 일이지요."

"그래서요?"

"이 둘의 DNA를 조합한 다음, 방사선을 쪼인 혈액 샘플을 만들었습니다. 방사선은 인간의 한계를 극한까지 끌어들인다는 연구 사례가 있었으니, 그 연구 사례를 믿어 볼 참입니다."

"재미있군요."

"한데 실험할 대상이 없다는 것이…….."

"내가 합니다."

순간 이어진 장지찬의 음성에 연구 팀장의 눈이 휘둥그레졌다. 설마 그가 위험한 연구 대상을 자처할 줄은 연구 팀장도 생각지 못한 까닭이었다.

"너… 너무 위험합니다."

사실 연구 팀장이 추진하던 이 이론은 학계에서는 이단으로 판단된 위험한 실험이었다. 하지만 이 연구 논문에 대해 어찌 안 것인지, 학계에서 따돌림 당한 그를 장지찬은 무상으로 지원하겠다고 약속하며 찾아왔다.

그러기를 십여 년이다.

그는 더욱 연구에 박차를 가했고 그의 실험은 이제 막바지에 달해 있었다. 적당한 실험체만 있다면 시도해 볼 만한 가치가 생긴 것이다.

잠시 고민을 하던 연구 팀장은 결국 고개를 끄덕였다. 그가 장지찬의 의사를 말릴 수 있을 만한 권한이 없다는 것 또한 그러한 동의에 작용했다.

"한 가지만 여쭤 봐도 되겠습니까?"

"물어 보세요."

"왜 그러한 결정을 내리신 겁니까?"

"내가 많은 것을 가진 것처럼 보이나요?"

장지찬은 대답 대신 전혀 상황에 맞지 않는 질문을 해 왔다. 그러자 연구 팀장의 표정이 굳어졌다. 달리 무슨 말을 해야 할지 찾지 못한 탓이다.

동시에 장지찬도 그의 마음을 헤아린 듯 엷게 웃으며 입을 열었다.

"인간사는 투쟁의 역사라고 하지요. 나는 그 말에 전 적으로 동의합니다. 수많은 사람들은 평등을 부르짖지만 우린 어떠한 형태로든, 피지배층과 지배층을 만들어 내 죠. 그리고 서로가 지배층이 되려고 발악을 합니다. 추악 하죠. 하지만 그 추악함 속에는 더욱 진화하고자 하는 인 간의 열망이 담겨 있습니다. 나는 그 추악함을 얻고자 합 니다."

"그렇습니까."

사실 연구 팀장은 장지찬의 말에 크게 동의할 수 없었 다. 그가 무슨 말을 하는지는 이해했지만 그의 사상은 너 무도 위험했던 탓이다. 하지만 더욱 그가 긴장한 이유는 그 말을 하는 내내 섬뜩하게 웃고 있는 장지찬의 얼굴 때문이었다.

"자세한 성과 보고를 듣고 싶군요."

그러나 그것도 잠시 다시 본래의 신색으로 되돌아온
장지찬이 연구 팀장을 바라보며 싸늘하게 웃었다.

2장

심야의 추격

유한은 부산에 당도하자마자 항구에 가까운 호텔에 짐
을 풀었다. 아직 저녁이 되기엔 먼 시간이었다. 새벽에
당도했을 뿐더러 최봉팔과 약속한 시간은 아직 18시간이
넘게 남아 있었다. 그 때 마침 그의 휴대폰이 울렸다.

—나다. 유한아.

전화를 건 사람은 고태윤이었다. 유한은 고태윤의 목
소리를 듣자마자 입을 열었다.

—그래.

—문수 씨한테 들었다. 정말 가지 않아도 되겠냐.

—혼자 해야 하는 일이야.

―아무리 최 형사랑 말이 됐다 하더라도, 그 사람은 현장에서 널 돕지 못할 거야. 미리 예고하고 벌이는 일이니, 저격수는 물론이거니와 그곳을 둘러싸고 있는 사람들은 전부 널 쫓을 거야. 정말 만약이지만, 정말 만약에……!

―죽을 고비는 한 번이면 됐어.

―제발, 다치지만 마라.

―F건설사 건은 어떻게 됐어.

유한은 태연하게 대답하고는 일부러 화제를 돌렸다. 더 이상 이야기를 했다가는, 고태윤이 드림팀을 이끌고 당장이라도 내려올 것 같았기 때문이다.

―좋아. 넘어가자.

고태윤도 일부러 화제를 돌리는 유한의 행동이 빤히 보였지만 어쩔 수 없이 넘어가기로 하고는, 유한의 말대로 서백정에 관한 이야기를 꺼내기 시작했다.

―네 말대로 처리하라는 문제는 잘 정리됐다.

―서백정이 돈을 붓기 시작했어?

―그래. 페이퍼 컴퍼니에 쏟아부은 셈이지. 열흘 정도 흐르고 은밀히 대기업에서 적대적 M&A를 요청했다고 알릴 거다. 이미 돈을 넣었으니 회수가 안 된다면 이겨야

된다고 생각하겠지. 서백정이라면 충분히 그러고도 남아. 이제부터는 어떻게 빨리 이 일을 마무리 짓느냐가 관건이지.

—형 말이 맞아. 우리가 예견했던 대로, 이 일은 속도의 문제야. 서백정이 융통 가능한 AST의 자금을 얼마나 많이 뽑을 수 있느냐에 따라 일의 성패가 갈릴 거야.

—맡겨 둬라.

고태윤은 염려 말라는 듯 자신 있게 대답했다. 그의 말에 유한은 충분히 안심이 됐다. 그만큼 고태윤을 비롯한 드림팀 전부를 신뢰하고 있었던 까닭이다.

—정말 조심해야 한다.

서백정에 관한 이야기가 끝나자 고태윤은 유한에게 재차 당부의 말을 잊지 않았다. 유한이 인간의 한계를 뛰어넘었든, 뛰어넘지 않았든 늘 그에게는 지켜 줘야 할 동생일 뿐이었기 때문이다. 유한도 그러한 고태윤의 마음을 알기에 편안한 웃음을 터트리며 대답했다.

—약속할게.

그의 대답에 그제야 안심이 된 고태윤은 일별하며 이내, 통화를 끊었다. 그렇게 고태윤과 통화가 끝난 뒤 유한은 휴대폰을 잠시 꺼놓고 침대에 누워 벽을 바라봤다.

아직도 화염이 덮치던 병원의 기억은 그에게 생생했다.

그리고 잿더미가 된 병원을 빠져나오며 눈물을 흘렸던 그 순간의 참혹했던 아픔도 심장을 떨리게 만들었다. 사실 지금까지 장지찬과의 대립 속에서 그가 얻은 건, 가슴의 상처뿐이었다.

물론 곁에 자신을 걱정해 주는 수많은 사람들이 생겼지만 언제든지 그들을 잃을까 봐 두려운 것은 늘 같았다.

잃지 않을까 노심초사해야 했고 그들을 잃을 때마다 쌓아 올린 모든 것이 무너지는 것 같은 착각 속에 빠져야 했다. 그러한 고통의 연속 속에서 유한은 버텨 내는 것이 이젠 많이 힘들었다.

"정말 미안하다."

유한은 외투 가슴팍 주머니에서 윤성희가 남긴 유일한 사진을 꺼내 들었다. 사진 속에도 그녀는 웃지 못했다.

그저 멍한 눈으로 카메라를 바라보고 있을 뿐이다.

공허한 시선으로.

그래서 더 가슴이 아팠다.

그녀는 평생, 어떤 행복도 누리지 못하고 갔으니까. 하지만 불행하게도 유한은 그러한 안타까운 마음을 추스를 시간이 없었다. 그저 그녀가 남긴 비정한 현실을 향해 걸어 나갈 수밖에 없었기 때문이다.

'언젠가.'

언젠가는 그녀에 대한 안타까움마저 가슴에 묻을 수 있는 날이 올 것이라는 희망이 지금 그가 이 일을 버텨 내는 유일함이었다.

❦　　❦　　❦

헬리콥터까지 출동했다.

경찰 당국에서는 이번 일로 하여금, 각종 시끄러운 언론의 시선을 잡아끌 생각인 듯했다. 그리고 그 모든 경찰 당국의 움직임을 일으킨 최봉팔은 조용히 사하서에 협조하며 자신의 자리를 지키고 있었다.

제2부두에는 이미 경찰이 쫙 깔렸다.

'젠장. 저격수가 대체 몇 명이야.'

전국을 떠들썩하게 만든 연쇄살인범을 잡는 정도의 규모보다 더 크다. 이 정도면 국제 테러범을 일망타진하는 작전을 뺨칠 정도였다.

'하기사 그놈이 재빠르긴 하지.'

어쩌면 포그맨이 이곳에서 잡힐지도 모른다는 생각이

들었다. 그래서일까? 최봉팔은 자신도 모르게 포그맨을
염려하고 있었다.

이번 작전은 군의 707특임대까지 지원 받은 대대적인
수행 작전이었기에 그의 염려는 이미 확신으로 변한 상태
였다.

'반드시 잡힐 거다.'

사람의 한계를 뛰어넘지 않은 이상, 불가능하다.

더욱이 자신은 총에 맞은 포그맨을 보지 않았는가.

그 또한 인간일 뿐이다. 이 많은 인파 속에서 그가 살
아남을 수 있을 확률은 지금으로써는 전혀 없었다.

이윽고 최봉팔의 씁쓸한 시선이 어둠 속을 밝히는 헬
리콥터의 헤드 라이터를 향했다.

같은 시각 호텔방에서 나와 한적한 곳에 차량을 주차
한 유한은 곧장 슈트를 입었다. 이미 기와 일체화가 된
몸이고 극한의 한계점을 뛰어넘을 수 있다고는 하나 앞으
로 쏟아질 총탄들에 대한 위험도는 같았다.

여전히 피륙으로 이뤄진 사람의 신체이기 때문이다.
그런 면에서 특수 재질로 만들어진 슈트는 지금 유한에게
가장 필요한 물건이었다.

탁. 탁.

마지막부활

유한은 어느새 시꺼먼 슈트를 착용하고 얼굴을 가리는 마스크를 착용했다. 그러자 그의 두피와 이어져 뇌의 생체학적 흐름과 연결된 시스템이 작동하자 그의 입 주위를 둘러싸고 있던 마스크 양편에서 날개처럼 쇠 이음새가 튀어나왔다.

그 이음새에서는 또 다른 날개 모양의 연결 이음새가 튀어나오는 식으로 연결되며 유한의 머리 전체를 둘러쌌나.

탁—!

이윽고 장비를 모두 챙기고 차에서 내린 유한은 곧장 헬멧과 연결된 통신을 가동했다.

—문수.

잇달아 유한이 입을 떼자 헬멧 안에서 기다리고 있던 문수의 목소리가 들려왔다.

—예. 지하 창고에서 문수입니다.

—내가 모르는 문수의 경력도 있었던가?

마치 기자처럼 대답한 문수를 향해 유한이 가벼운 농담을 던졌다. 하지만 문수는 잔뜩 긴장한 기색으로 대답했다.

—오늘은 같이 농담해 드릴 수 없겠습니다. 이해하시

지요?

안다.

문수는 잔뜩 걱정을 하고 있는 것이다.

유한은 충분이 이해한다는 듯 대답을 해주고는 웃음기를 뺀 음성으로 재차 입을 열었다.

—문수.

—예.

—잊지 마. 내가 잘못된다고 해도, 그건 문수 탓이 아니야. 우리는 그저 우리가 할 수 있는 만큼만 하는 거야. 나도 내가 할 수 있는 것들을 하는 거고. 그러니까 이건 누구 탓도 아니야. 기억해야 해.

유한은 문수가 가진 책임감의 무게를 조금이나마 덜어주고 싶었다. 그렇지 않으면 그가 잘못됐을 때 문수가 가질 심적 고통은 누구보다 클 테니 말이다.

—도련님, 슈트에 적외선 레이더가 갖춰져 있습니다. 켜 보시겠습니까.

이윽고 침묵하던 문수가 다시금 입을 열었다.

목소리가 먹먹하게 들리는 것이, 눈가에 눈물이 고인 것이 분명했다. 하지만 유한은 굳이 그의 목소리에 신경 쓰지 않고 최대한 밝은 목소리로 입을 열었다.

—그래.

이내 문수가 말한 대로 적외선 레이더를 키자 주변 반경의 움직임이 들어왔다. 더욱이 유한의 기감이 합쳐지자 사방의 모든 물체가 유한의 솜털을 예민하게 만들었다.

—형, 제 말 들리세요?

그 순간, 문수가 아닌 또 다른 목소리가 들려왔다. F건설의 작전에 주력하고 있어야 할 준호의 목소리였다.

—문수, 결국 얘기했어?

—죄송합니다. 그들 또한 알아야 하지 않겠습니까.

문수의 말에 유한은 어쩔 수 없다는 듯 깊은 한숨을 쉬었다. 그리고는 혹여나 하는 마음으로 재차 물었다.

—현장까지 온 건 아니겠지.

—현장으로는 보내지 않았습니다. 다만, 도련님의 뜻을 이해해 주었습니다. 시간이 좀 걸렸지만 말입니다.

—고마워.

적어도 드림팀이 현장에 오지 않은 것만으로도 충분히 안심할 수 있었다. 잇달아 준호에 이어 오대용과 고태윤 그리고 오유태의 목소리가 들려왔다. 그들은 한목소리로 유한을 염려했고 그를 믿고 기다리겠다고 약속해 주었다. 유한은 그런 그들에게 그저 고맙다는 말밖에 할 수 있는 것이 없었다.

　—이제 가야겠어.

　이윽고 침묵하던 유한이 차 밖으로 나오며 입을 뗐다. 그러자 연결된 통신에서 다시 준호의 목소리가 들려왔다.

　—형, 헬멧에 달린 레이더는 열 감지뿐 아니라 주변에 송전기만 있다면 전자파를 이용해서, 근방 3km의 움직임은 저희 쪽에서 볼 수 있어요. 계속 체크해서 말씀드릴게요.

　—움직일게.

　—네!

　준호의 대답과 함께 유한은 갓길에 세워 둔 차에서 내려 곧장 땅을 박찼다.

　슈트 때문에 한층 강화된 운동력 때문에 한 걸음 내딛을 때마다 100m 이상을 주파했다. 마치 등에 날개라도 달린 양 달려 나가는 유한의 스피드는 육안으로 쉽게 볼 수 없을 정도였다.

　—근방 500m 앞에 헬리콥터가 있어요. 아마도 헤드라이트를 켰을 거예요.

　동시에 준호의 목소리가 다시 들려왔다.

　잇달아 유한은 준호의 말을 듣자마자 달리던 것을

멈추고 은폐물을 찾아 숨어들었다. 숨어든 그의 눈앞으로 새하얀 빛의 헤드라이트가 유한을 발견하지 못하고 스쳐 지나갔다.

—제3부두까지는 얼마 남았지?

유한이 통신으로 연결된 준호에게 물었다. 준호가 기다렸다는 듯 곧장 대답해 왔다.

—지금 계신 곳에서부터 5km가량 떨어져 있어요. 주위에 컨테이너 박스가 많으니 찾기 쉽지 않으실 거예요.

유한은 대답 대신 계속 땅을 박차고 달려 나갔다.

❧　　❧　　❧

이번 작전은 쉽게 현장에 나오지 않는 평검사까지 가용됐다. 검찰에서도 이번 일을 주시하고 있다는 의미로 파견한 것이다. 그렇게 각자의 위치를 고수하고 있었지만 실질적인 총책임자는 707특임대를 이끌고 나온 대대장이었다.

대대장 유준모는 작전이 시작되자마자 제2부두 전체에 주둔하고 포위망을 만들었다.

그러나 약속했던 시간이 길어질수록 주둔하고 있는 병

력들의 머리에는 의아함이 감돌았다. 아무리 기다려도 유한의 모습이 보이질 않았기 때문이다.

한편 유한과 통화를 했었던 최봉팔마저도 그가 왜 나타나지 않는지에 대해 의문을 품었다. 그 때 사하서 형사들과 함께 있던 최봉팔에게 경찰특공대의 대원 한 명이 급히 다가왔다.

"최 형사님이십니까."

"예."

"대대장님께서 찾으십니다."

공식적인 책임자는 707특임대의 대대장이라고 들었으니 아마도 그가 자신을 부르는 것이리라 확신한 최봉팔은 지체하지 않고 곧장 대원을 따라나섰다. 얼마 걸어가지 않아 그는 이동식 책상을 두고 작전을 점점하고 있는 수뇌부들과 조우했다. 동시에 유준모도 최봉팔을 발견하고는 먼저 그에게 걸어왔다.

"반갑소. 중령 유준모요."

"예. 처음 뵙겠습니다. 강남서 경위 최봉팔입니다."

"그자와 처음 접선했다고?"

"네."

최봉팔이 대면한 유준모는 키는 작지만 체구가 단단하고 부리부리한 눈빛은 사람 여럿 잡아먹을 것같이 기세등등했다. 확실히 대한민국 최고의 대테러 진압 부대의 대대장을 맡고 있어서인지 유준모가 풍기는 분위기는 최봉팔이 함부로 대할 만한 것이 못되었다. 그래서일까? 최봉팔은 평소와 달리 살짝 굳어진 안색으로 그와 마주하고 있었다.

"최 형사의 영장 반부에 대한 보고서를 보기로는, 그놈이 약속한 시각은 정확히 새벽 1시였다고 들었소."

"예. 맞습니다. 녹음된 테이프에 그렇게 되어 있었으니, 말입니다."

"오래토록 이놈을 추적했다고?"

"예."

"그럼 지금 최 형사의 직감은 어떻소?"

뜬금없는 질문. 그러나 그 질문은 지금 상황에서 가장 시기적절한 질문이기도 했다. 동시에 유준모는 폐부를 꿰뚫을 것 같은 날카로운 눈빛으로 최봉팔을 압박했다. 그러자 최봉팔도 잠시 말문이 막힌 듯 입을 닫고 유준모를 대면했다.

"어쩌면……."

최봉팔은 이 순간 심히 갈등했다. 그의 마음속에서 무의식적으로 유한을 지키고자 하는 생각이 들었던 까닭이다. 마치 자신의 직감대로 일이 진행되면 곧 유한이 시체로 발견된 꼴을 볼 것만 같았다.

'내가 알아본 바로는 장지찬의 재단으로 오는 통로는 제3부두다.'

사실은 알고 있었다. 그러나 애써 모른 척했다.

유한이 원하는 타이밍에 경찰이 움직이지 않는다면 그가 원하는 목적을 달성할 수 없을 것 같았기 때문이다. 따지고 보면 최봉팔 스스로는 유한에게 협조하고 싶었던 것이다. 이윽고 마음의 정리를 끝낸 최봉팔이 입을 열었다.

"너무 일이 쉽게 벌어집니다. 그리고… 녹음테이프에는 그놈이 이곳으로 오겠다고 한 이유가 정확히 들어 있지 않았지 않습니까?"

그렇게 그의 입이 열리자 유준모의 질문이 재차 이어졌다.

"그렇소. 우리도 그 이야기를 하고 있었소. 대체 이유가 뭘까? 형사는 아시오?"

사실 유준모의 말대로 최봉팔은 누구보다 잘 알고 있

었다. 애초에 유한이 움직인 이유가 정총만가 장지찬의 커넥션에 대한 증거물을 찾기 위함이었기 때문이다.

그런 맥락이라면 지금 유한이 향해야 할 곳은 제3부두가 확실했다. 그리고 최봉팔 스스로는 그 사실을 의도적으로 회피하고 있었다. 그러나 최봉팔은 자신이 할 일을 해야 했고 지금까지 살아오면서 세워 둔 가치관을 깨트리지 않아야 했다. 결국 최봉팔은 경찰로서의 자부심과 책임감을 버리지 못한 것이다.

"사실 그간 그놈의 뒤를 쫓아오면서 그놈과 정총만 의원님과 어떤 개인적인 원한 관계가 있는 것으로 사료됐습니다. 그리고 이 부두들 중 그놈이 올 만한 곳은 제2부두가 아니라 제3부두로 추측됩니다."

"이유를 듣고 싶군요."

"제3부두로 선적되어 올 화물이 산업부장관이 지목한 특별품목으로 되어 있으니 말입니다."

"그게 무슨 상관관계가 있소?"

"정총만 의원의 오른팔을 자처하는 게 산업부장관입니다. 오래토록 조사하면서 알게 된 사실 중 하나죠."

"그럼 정총만 의원과 개인적인 원한이 있는 그자가 의도적으로 정총만 의원을 무너뜨리고자 이 일을 벌인 거란 말이오?"

"예. 하지만 추측뿐이라 말씀드리지는 못했습니다. 이미 그놈은 스스로 제2부두로 오겠다고 했고 정말 그것이 사실이라면 제 가설뿐인 추측이 틀린 것이 되니 말입니다."

이내, 최봉팔은 진실과 거짓을 반씩 섞어 말을 했다. 형사로서의 책임감을 못 이기고 자신이 아는 사실을 말할 수밖에 없었지만, 여전히 정총만과 장지찬의 커넥션을 찾아야 한다는 목적성 또한 버릴 수 없었기 때문이다.

그건 유한을 돕고자 하는 문제와는 또 다른 별개의 일이었다.

이윽고 말을 마친 최봉팔을 유준모는 빤히 바라봤다.

나머지 수뇌들도 최봉팔의 말에 일리가 있다고 생각한 듯 서로 의견을 교환하며 유준모의 대답을 기다리기 시작했다.

그리고 잠시 고민하던 유준모가 무겁게 입을 열었다.

"형사의 말이 맞소. 추측뿐인 가설이니 아무도 그 말을 귀담아듣지 않았을 것이오. 하나 난 다르오. 이렇게 무작정 제2부두에서 기다리는 것보다야, 일정 정도의 병력을 제3부두로 이동시키는 것이 좋겠소."

유준모는 곧장 발길을 돌려 수뇌부들에게 작전 지시를
하달했다. 그러자 경찰특공대와 707특임대를 비롯한 일
대의 경찰 병력들이 제3부두로 이동하기 시작했다. 더
이상 최봉팔이 어쩔 수 있는 문제가 아니게 되어 버린 것
이다.

'이대로 그냥 놔둘 순 없어.'

이렇게 아무런 개입도 하지 못하고 물러서려고 이 먼
부산까지 온 것은 아니었다. 어떻게든 이곳에서 자신이
하고자 했던 목적을 이뤄야 했다.

이내, 입술을 질끈 깨문 최봉팔이 빠르게 유준모를 향
해 다가갔다.

"경찰특공대와 함께 움직일 수 있도록 해주십시오."

"형사의 임무는 자문이 아니오? 그렇게 들었소만."

부두의 지도를 확인하는 유준모의 날선 눈빛이 최봉팔
을 뚫어지게 응시했다. 하지만 주먹을 꽉 쥔 최봉팔도 쉽
게 물러설 눈빛은 아니었다. 그러자 유준모의 눈에 이채
가 흘렀다. 명령 체계를 무시한 최봉팔의 태도를 보면 거
절하는 것이 옳은 명령이었으나, 유준모는 그가 이번 일
에 대해 뭔가 알고 있는 것처럼 느껴졌다.

그를 합류시키고 부하들 중 한 명에게 작전을 수행함

과 동시에 그를 감시하라고 하는 편이 나을 것 같았기 때문이다.

"좋소. 부하들에게 말해, 팀을 배정해 주겠소."

이윽고 허가를 내린 유준모는 곧장 참모에게 지시를 하달했고, 곁에 있던 그의 참모들은 곧장 무전을 통해 최봉팔의 팀을 배정해 주었다.

동시에 최봉팔도 기다렸다는 듯 707특임대가 있는 곳을 향해 발길을 돌렸다.

그가 배정 받은 조는 특임대의 5개 팀 중 하나인 소령 양찬영이 있는 지역부대의 2팀이었다.

❦　　❦　　❦

유한은 금세 컨테이너 박스가 곳곳에 위치하고 있는 제3부두에 당도했다. 동시에 가까이서 헬리콥터 소리와 함께 적어도 수십 명에 달하는 인원의 기척이 유한의 예민한 감각에 들어왔다. 잇달아 무선으로 연결된 준호의 목소리가 다시금 들려왔다.

—레이더망에 인원이 잡혔어요. 적어도 이십여 명이 넘어요. 형이 제3부두에 당도한 걸 예측한 모양이에요.

아니다.

그럴 리 없었다.

누군가 자신이 장지찬의 화물을 노린다는 것을 알지 못하는 이상, 경찰 당국은 쉽게 병력을 빼서 제3부두로 돌릴 일이 없었다.

방대한 넓이의 부두 중 왜 하필 제3부두로 온단 말인 가.

이건 분명 최봉팔의 생각일 것이 분명했다.

'나를 잡기 위해서거나, 아님 다른 이유가 있거나 둘 중 하나.'

현재 최봉팔이 어떤 생각을 가지고 있는지가 궁금했지 만 그것보다는 우선적으로 장지찬의 화물을 찾는 것이 먼 저였다.

—목표 지점까지 얼마나 남았지?

—제3부두에 당도했으니, 지금부터 1km 안이에요. 좌측으로 가세요.

유한은 준호의 말이 끝나자마자 곧장 눈앞에 보이는 컨테이너 박스에서 좌측으로 꺾었다. 그러자 잠시 멀어졌 던 헬리콥터가 다시 가까워졌다.

잇달아 헤드라이트가 유한이 움직이고 있는 어둠을 밝

히자 유한의 모습을 발견한 조종사의 무전이 제3부두로 오고 있는 특공대 팀의 무전에 들려왔다.

—브라보에게 알린다. 300m 전방에 타깃 발견, 300m 전방에 타깃 발견.

—카피 뎃.

브라보 팀의 선두에 있던 이진욱 소령은 스무 명의 팀원을 반으로 쪼개 눈앞에 보이는 컨테이너 박스를 중심으로 양편으로 갈라졌다.

신속하게 움직이는 브라보 팀원 전체의 얼굴에 긴장감이 서린다.

그러나 그 긴장감은 경직된 긴장이 아닌, 잘 훈련된 자신감에서 나온 긴장감이었다.

적당한 긴장감이야말로 그들의 움직임을 더 원활하게 만들어 주는 까닭이다.

—브라보 2, 오른쪽 400m 반경까지 돌격한다.

—카피 뎃.

브라보 1인 이진욱의 지시와 함께 브라보 2를 맡고 있는 대위가 팀원들을 이끌고 컨테이너 박스를 우회해 일직선으로 줄지어 움직였다.

신속할 뿐더러 기척 소리도 내지 않는 은밀한 움직임

이었다. 동시에 이진욱도 나머지 팀원을 이끌고 좌측으로
돌아 다음 컨테이너 박스를 향해 움직였다. 이윽고
400m 앞에서 마주친 두 팀이 다시 컨테이너 박스 뒤편
에서 합류했다.

—클리어.

—클리어.

분명히 헤드 라이터에 비쳤던 그림자는 온데간데없이
사라져 있었다. 이진욱도 쓰고 있는 안전 고글을 벗으며
이를 갈았다.

헬리콥터에서 온 무전에 따르면 분명히 이 근방으로
숨어들었을 것이 분명했기 때문이다. 아무리 도망을 쳤다
고는 하나, 양편으로 우회해서 포위망을 쳤다.

결코 빠져나갈 수 있을 만한 길은 없었다.

있다면 정면으로 뚫린 직선 길뿐인데 그가 발견되고
자신의 팀이 목표한 곳에 당도한 것은 고작해야 1분여였
다.

1분 안에 적어도 500m에 달하는 길을 주파하고 반대
편 컨테이너 박스 뒤로 숨을 수 있는 확률은 결코 없었
다.

사람이고서야 그럴 수 있을 리가 없는 것이다.

'대체 어디 있는 거냐.'

이진욱은 주위를 둘러보다 문득 한 가지 추측을 세웠다.

'어쩌면 컨테이너 박스 위?'

이윽고 그의 시선이 컨테이너 박스 위로 올라갈 만한 디딤대를 찾기 시작했다. 그 때였다. 그의 등 뒤에 있던 팀원 중 한 명이 신음성을 흘렸다.

동시에 함께 있던 팀원 전부가 신음성을 흘린 팀원을 향해 총을 겨누며 포위망을 형성했다.

이진욱도 안전 고글을 바닥에 던지며 곧장 시선을 돌렸다.

철컥—! 철컥—! 철컥—!

장전된 M60 소리와 함께 나타난 유한은 어느새 팀원 하나의 목을 팔로 제압한 채 우두커니 멈춰 서 있었다.

이진욱의 예상대로 유한은 이 근방을 벗어나지 않고 컨테이너 박스 위에서 그들의 위치를 확인하고 있었던 것이다.

"손 떼고 물러서!"

이진욱은 우선 제압된 팀원을 구하기 위해, 유한을 향해 날카로운 목소리로 외쳤다. 그러나 유한은 대답 대신 제압하고 있던 팀원을 앞으로 밀쳐 냈다.

순간적으로 밀쳐진 팀원에게 전부의 시선이 돌려진 사이, 어느새 바닥을 구른 유한의 수도가 빠르게 이진욱의 목덜미를 내리쳤다. 이어서 그는 이진욱의 어깨를 짚고 오른편에 위치한 팀원의 목을 양다리로 감싸며 그대로 허공에서 회전했다. 눈 깜짝할 사이에 벌어진 일이라 팀원들은 누구 하나 조준 사격을 하지 못했다.

유한은 그야말로 바람과 같았다.

그의 관절이 기형적으로 꺾일 때마다 팀원들은 사격한 번 하지 못하고 바닥을 나뒹굴었다. 기절한 숫자가 반을 넘어갈 때쯤, 더 이상 그들은 전투 의지를 상실했다.

—브라보, 궤멸됐다. 후퇴하겠다!

쓰러지지 않은 팀원들은 급히 뒤따라오는 알파 팀에게 무전을 하며 빠르게 뒤로 물러났다. 아군과 유한이 섞여 있는 상황이라 무차별적인 사격도 불가했기 때문이다. 지금으로써는 빨리 후퇴하는 편이 나았다.

그러나 유한은 마치 거머리처럼 물러나는 그들을 쉽게 보내 주지 않았다.

그는 한 걸음 내딛을 때마다 사람이 내딛을 수 있는 거리 이상을 내딛으며 물러나는 브라보 팀원들을 한 명씩 쓰러트려갔다. 그렇게 팀원 전부가 쓰러지고 단 한 명이 남았을 때쯤이었다.

주변을 수색하던 헬리콥터가 무전을 받고 헤드라이트를 유한이 있는 곳을 향했다. 헤드라이트 정중앙에 선 유한의 주위로 헬리콥터에서 불어 닥친 바람이 휘날렸다.

─너는 포위되었다. 무장을 해제하고 투항해라!

헬리콥터에서 확성기로 들리는 투항 권고에 유한은 조용히 헬리콥터가 떠 있는 허공을 올려다봤다. 그사이 그에게 정강이를 맞고 바닥에 쓰러진 팀원이 유한 몰래 천천히 총의 손잡이를 잡아가기 시작했다.

그러나 어떻게 안 것인지, 어느새 팀원을 마주한 유한의 발이 빠르게 팀원의 손목을 발로 내리눌렀다.

"끄읍."

이어지는 고통에 신음을 흘린 팀원과 함께 유한이 고개를 숙여 팀원의 혈도를 내리눌렀다. 아혈이 짚인 팀원이 모로 쓰러지며 기절하자 그제야 유한도 다시 발길을 돌렸다. 어둠 속으로 다시 사라지는 그의 등 뒤로 브라보 팀 전원이 바닥에 널브러져 있었다.

마지막부활

'미… 미친.'

최봉팔은 자신이 속해 있는 알파 팀과 함께 브라보 팀이 궤멸된 현장에 도착하자마자 가쁜 숨을 들이키며 중얼거렸다.

적어도 이십여 명이다.

중대당 열 명씩 인원을 배치한 대한민국 최정예 부대인 것이다.

그런 부대를 단 1분도 안 되서 몰살시켰다.

사실 어느 정도 예상은 했지만 너무 빨랐다. 그사이 쓰러진 브라보 팀 대원들의 의식을 확인한 양찬영 소령이 급히 중대원들을 끌어 모았다.

"브라보 팀 전부 의식은 있어. 오식이는 무전으로 구급 대원 부르고 이 근방 1km 전부 봉쇄하라고 대대장님께 말씀드려라. 헬리콥터가 타깃을 발견했을 테니, 지원은 이미 오고 있을 거야."

"네."

"오식이를 제외하고 우린 계속 전진한다."

우선은 보고를 하고 뒤로 물러나도 되겠지만 양찬영은 굳이 피할 생각이 없었다.

유한과의 예상 시간 거리는 고작해야 1분여.

그 1분여를 주파해서 그를 포위해야 한다는 생각이 머릿속을 잠식한 것이다. 더욱이 브라보 팀의 대열이 무너진 이상, 아군의 사기를 위해서는 전진하는 수가 최선이라는 결심이 섰다. 동시에 양찬영 소령의 시선이 권총을 들고 있는 최봉팔을 향했다.

"최 형사께서도 물러나 계시는 것이 좋겠습니다."

정규 특공 훈련을 받지 않은 최봉팔이 도리어 팀에 해가 될 수 있을 거라 생각한 양찬영의 조치였다. 하지만 최봉팔은 전혀 물러설 생각이 없다는 듯 고개를 젓고는 도리어 한 발짝 그에게 다가섰다.

"함께 가지요. 나도 그놈한테 맺힌 것이 많습니다. 돕게끔 허락해 주시오."

"좋습니다."

양찬영도 대대장으로부터 지시 받은 것은 최봉팔을 물러나게끔 할 만한 명령권이 없었다. 결국 그의 고집을 허락한 양찬영은 곧장 정면에 보이는 컨테이너 박스를 향해 두 줄로 나뉘어 빠르게 이동하기 시작했다.

잔뜩 날카롭게 변한 그들은 아주 작은 소리에도 귀를 기울였다. 1분여 만에 브라보 팀을 궤멸시킨 유한의 전적

으로 보아 그의 움직임이 아주 민첩하고 기민하다는 소리
였기 때문이다.

누구도 이러한 완벽한 기동성을 가질 수는 없다. 그것
을 알파 팀은 전부 너무나 잘 알고 있었기에 그들은 평소
보다 더욱 긴장을 할 수밖에 없었다.

땅—!

그 순간, 쇠붙이 부딪치는 소리가 어디선가 울려 퍼졌
다. 알파 팀원 전부의 시선이 소리가 난 진원지를 향해
움직였다. 최봉팔과 양찬영만이 시선을 반대편으로 돌려,
뒤에서 튀어나올지도 모르는 적을 견제했다.

'여기 있다.'

잇달아 양찬영은 직감적으로 느꼈다. 유한이 어딘가에
서 지켜보고 있는 것이라는 것을. 그리고 그의 예상대로
유한은 어둠 속에서 허리춤에 차고 있던 새까만 색의 자
동 석궁을 꺼내 들어 양찬영을 향해 겨누고 있었다.

이윽고 권총 크기만 한 석궁에서 줄을 매단 화살이 쏘
아지자 사방을 경계하던 양찬영의 발목이 쏘아진 석궁에
의해 포박됐다. 화살에 매달린 줄은 단번에 양찬영의 발
을 한데 묶어 유한이 있는 곳을 향해 빨아들였다.

"윽!"

바닥에 나자빠진 양찬영은 빠르게 끌려가면서도, 침착하게 M60을 화살이 날아온 방향을 향해 쏘아댔다.

두두두두—!

M60에서 쏘아진 총알이 연발로 어둠을 향해 쏘아졌다. 그러나 이미 유한은 총알이 날아올 것을 짐작하고 자신의 몸을 가린 컨테이너 박스 위로 올라간 상태였다. 때문에 총알들은 날아온 것이 무색하게 애꿎은 땅에만 박혀들었다.

중대장이었던 양찬영이 잡혀가자 알파 팀은 금세 혼란에 빠졌다. 그중 두 명이 최봉팔과 함께 양찬영이 끌려간 곳으로 달려가 봤지만 이미 양찬영은 거품을 물고 기절해 있었다. 알파 팀원들 중 한 명이 급히 그에게 다가가 심폐소생술을 하자 호흡이 정상적으로 돌아왔다.

아주 잠깐의 혼절인 것 같았다.

그러나 중대장이 쓰러지자 이미 알파 팀의 명령 체계는 혼선을 빚고 있었다. 그뿐 아니라 그들은 자신들을 죽이지도 않고 계속 기절을 시키며 안쪽으로 유인하는 유한의 행동에 서서히 지쳐 가고 있었다.

어느새 허탈한 표정을 감추지 못하는 알파 팀원들의 표정을 살핀 최봉팔도 입술을 잘근잘근 씹었다.

'예상했던 대로야. 그리고 역시나, 놈은 나와 경찰 팀 전체를 유인하고 있어.'

이미 제3부두가 그의 목적임을 아는 최봉팔은 현재 팀과 함께 지속적으로 이동하는 방향이 장지찬의 화물이 있는 방향임을 확신했다.

결국 최봉팔이 자부심을 위해 반 정도의 사실을 털어놓은 것이 도리어 유한이 생각했던 목적을 이뤄 주는 하나의 방법이 된 것이다.

유한은 어떤 식으로든 어차피 경찰 당국을 제3부두 쪽으로 유인해야 했고, 최봉팔은 그 시기를 좀 더 빨리 당겨 준 셈이 되어 버렸다.

아니, 이미 최봉팔 스스로는 직감하고 있었는지도 몰랐다. 자신이 하고 일들이 최봉팔의 자부심을 지키기 위한 것이 아닌, 하나의 공동 목표를 둔 유한을 돕기 위해 하는 것임을 말이다.

새삼 그 사실을 깨달은 최봉팔은 마치 허탈하다는 듯 피식 웃고는, 하늘 위로 올려다봤다. 여전히 두 대의 헬리콥터들은 부두 주변을 날아다니며 끊임없이 유한의 행방을 찾고 있었다.

"가시죠."

소대장들 중, 하나가 최봉팔을 보며 무겁게 입을 열었다. 중대장이 기절한 마당에 본부의 무전을 기다릴 수밖에 없었기 때문이다.

그러나 최봉팔의 생각은 달랐다.

그는 움직이자는 소대장을 쳐다보며 입을 열었다.

"이놈, 단 한 명도 죽이지 않았소."

"예?"

"애초에 죽일 생각이 없다고 생각해 본 적은 없으시오?"

최봉팔의 말에 그의 말을 들은 소대장들의 눈빛이 깊어졌다. 그러고 보니 궤멸한 브라보 팀원들도 가벼운 경상들만 입었을 뿐, 크게 다친 사람은 없었다. 모두 목숨도 붙어 있었던 것이다. 어쩌면 단 한 명도 죽지 않는 적을 쫓는다는 생각이 그들의 전의를 상실케 하는 것일 수도 있었다.

그 때였다.

본부에서 다시금 명령 하달이 내려왔다.

―알파는 계속 전진한다. 지원 부대가 곧 당도할 것이다.

사실 지금까지는 특임대를 선발대, 후발대로 나뉘어

움직이게 해 선발대가 후발대를 보조하는 식으로 움직였지만 애초에 그들 전부는 소규모로 피해를 최소화하기 위한 선발대였을 뿐이었다.

그러나 지금부터 올 나머지 부대는 전부가 경찰특공대와 군에서 협조된 특공 부대일 것이 분명했다. 더욱 병력이 많아지니 포위할 수 있는 방향이 더 많아지겠지만 반대로 통제하는 것도 힘들 것이었다.

인원이 낳으니 현장에 익숙하지 않은 누군가가 긴장감으로 오발을 내는 순간, 서로가 서로를 향해 총부리를 겨눌 수 있는 최악의 상황까지도 벌어질 수 있었기 때문이다.

사정이 그러하니 어떻게든 선발대에서 이 일을 마무리 짓는 편이 가장 현명한 방법이었다.

"본부에서도 계속 전진을 하라는 명령이니, 최단기간에 끝내는 것이 좋겠습니다. 최 형사께서는 달리 생각이 있으십니까?"

침착하게 상황을 판단하는 최봉팔에게 소대장들은 제법 기대감을 보였다. 그러자 최봉팔이 무겁게 깔린 음성으로 뒷말을 덧붙여 갔다.

"의견을 물어보신다면야, 우선 그놈이 유인하는 대로

움직이는 편이 나을 것 같소."

유인을 그대로 따라가자니?

당최 이해가 되지 않는 그의 말에 소대장들의 눈에 의아함이 감돌았다. 최봉팔은 그런 소대장들을 둘러보며 뒷말을 덧붙였다.

"어차피 지원 부대는 뒤따라와서 이 근방을 포위할 거고, 놈은 빠져나갈 구멍을 찾기 쉽지 않을 거요. 더욱이 이놈은 사람을 죽일 생각은 없는 것이 확실하니 괜히 타이트하게 조였다가는 도리어 마음을 독하게 먹고 우리 쪽 사람들을 해칠 가능성이 있소. 그러니 되레 천천히 조여가면서 이놈이 왜 안쪽으로 우리를 유인하는 것처럼 보이는지, 그 이유를 알아내야 하오. 그 이유를 알게 된다면 그놈을 잡는 데 도리어 도움이 되지 않겠소?"

최봉팔의 말은 충분히 일리가 있었다. 전진은 하되, 급하지 않게 그의 흔적을 뒤쫓자는 말이었던 것이다. 지원 후방 부대는 충분하고 온통 아군 천지이니 최봉팔의 말에 따르자는 의견이 모아졌다.

소대장들도 이내, 고개를 끄덕이며 최봉팔의 말에 따르겠다는 의사를 보였다. 그렇게 움직이기 시작한 그들은 최봉팔을 선두로 천천히 다른 컨테이너 박스로 움직이기 시작했다. 그러는 사이, 그들은 유한이 남긴 흔적들을 발견해 갔다.

"이건?"

최봉팔도 땅바닥에 떨어진 탄창을 보고는 눈을 빛냈다. 분명히 방금 전 전투가 벌어졌을 때 유한이 챙긴 것이 분명했기 때문이다.

그렇다는 건 유한이 최봉팔의 생각대로 의도적으로 그들을 유인하고 있다는 이야기이기도 했다. 그러나 이미 내막을 알고 있는 최봉팔과는 달리 나머지 알파 팀들에 눈에는 더욱 깊은 의구심만 감돌았다.

대체 왜?

그들이 아는 한 지금 그들이 쫓는 유한에 대한 소문은 살인범이라는 것밖에 없었기 때문이다. 하나 지금 보는 상황들은 단순히 살인범의 짓이라고 하기에는 너무 복잡한 일들뿐이었다. 더욱이 지금 그는 누구 하나 죽인 적이 없었기 때문이다.

끼익—!

그 때였다. 그들이 전방 500m 앞 컨테이너 박스를 남겨 둔 시점에서, 갑자기 컨테이너 박스의 문이 쇠가 부딪치는 소리를 내며 그들에게 입을 벌렸다.

알파 팀과 최봉팔의 총구가 급히 소리가 난 컨테이너 박스를 향했다.

두두두두두—!

이미 사격 교전을 허가 받았기에 그들은 거침이 없었다.

이미 장전을 해 둔 M60이 불을 뿜었다. 이십여 명에 육박하는 인원이 쏟아 낸 총알의 위력은 그야말로 무시무시했다.

열린 컨테이너 박스의 입구는 이미 그들에 의해 벌집이 된 지 오래였다. 그들은 거기서 그치지 않고 최봉팔을 선두로 빠르게 입구 쪽으로 진입했다.

그들은 우선 입구 양옆에 붙어 서서 가지고 있는 연막탄과 최루탄을 동시에 화물 안으로 집어넣었다.

금세 뿌연 연기가 피어올랐다.

"받으십시오."

동시에 소대장 중 하나가 미리 챙겨 둔 양찬영 소령의 방독면을 최봉팔에게 건넸다. 최봉팔도 고개를 끄덕이며 급히 방독면을 받아들어 뒤집어썼다.

이윽고 그들은 적외선 카메라가 달린 고글을 벗고 방독면을 뒤집어쓰고 난 뒤 그 위에 고글을 다시 겹쳐

썼다.

재빨리 안으로 진입할 준비를 마친 알파 팀은 지금껏 훈련을 받은 대로 정밀한 움직임을 펼쳤다. 그들은 열 명이 입구를 지키고 나머지 열 명이 컨테이너 박스 안으로 들어서 갔다.

생각대로 컨테이너 박스 안은 사방이 컨테이너 막혀 있어서 한 치 앞도 보이지 않는 깜깜한 어둠이었다. 더욱이 흰 연기로 가득 찬 컨테이너 박스는 그 자체로도 밀실 수준이었다.

그나마 열린 입구로 새어 드는 달빛만이 유일한 빛이었다. 그 탓에 안으로 진입한 알파 팀과 최봉팔은 고글에 매단 적외선 카메라와 함께 전부 M60에 달린 하얀 전등에 의지하고 있었다.

"클리어!"

이어서 안으로 진입한 열 명은 다시 반으로 갈라져 나무 박스로 진열된 화물들 사이를 정찰했다.

"클리어!"

그러나 그들이 찾는 유한은 어디에도 없었다. 그저 도열되어 있는 나무 상자들만이 그들의 눈에 들어올 뿐이었다.

적외선 카메라에도 그의 움직임은 들어오지 않았다. 그 때였다. 갑자기 그들이 들어온 입구 문이 거세게 닫히며 쇳소리와 함께 안쪽에서 컨테이너 박스 문이 잠겼다. 입구를 지키고 있던 알파 팀의 무전이 안에 있는 알파 팀에게 들려왔다.

─뒤로 물러서!

사격을 할 생각이었는지, 입구에 있던 팀원들에게 들려온 무전에 알파 팀은 전부 컨테이너 박스 깊숙한 안쪽으로 이동했다.

그와 함께 바깥에 있던 팀원들이 일제히 닫힌 문을 향해 총을 쏴대기 시작했다. 유한이 입구 쪽에 서 있을 것이라고 예상한 것이다.

그렇게 얼마쯤 총을 쏴댔을까?

바깥에 있는 팀원들이 안쪽에 팀원들에게 무전을 해왔다.

─상황을 말해 달라.

─카피 뎃.

사격 때문에 잠시 안쪽에 숨어들었던 팀원들은 급히 적외선 카메라를 이용해 입구 쪽을 살폈다. 하지만 입구 쪽에는 시체는커녕, 어떤 흔적도 보이지 않았다.

마지막부활

—실패한 것 같다. 시체가 보이지 않는다.

—알았다. 최대한 조속히 입구를 개방하겠다.

—카피 뎃.

결국 졸지에 컨테이너 박스 안에 갇히게 된 알파 팀원들의 눈에는 긴장감이 서렸다. 어둠 속에서 유한의 습격을 기다려야 하는 처지가 되어 버렸기 때문이다.

그 순간, 소대장과 함께 있던 최봉팔의 앞으로 검은 그림자가 갑자기 다가섰다. 순식간에 한 소대장의 목덜미를 낚아챈 유한은 바동거리는 그의 숨통을 조이며 입을 열었다.

"사격을 가하면, 이자부터 죽는다."

나직한 그의 목소리에 최봉팔은 잠시 눈치를 보다, 먼저 앞으로 나섰다.

"놔 줘."

동시에 유한은 뒤로 물러나면서 자신의 등 뒤에 있는 나무 상자를 향해 손을 뻗어 갔다. 그의 손에서 기가 끌어모아지고 허공을 가른 그의 주먹이 비천파동진의 상승 단계로써 펼쳐졌다.

펑—!

그러자 놀랍게도 지렛대가 아니면 열기 쉽지 않은 상

자 앞면이 폭발하듯 비산하고 그 안의 내용물이 드러났다. 도자기 미술품이었다.

"확인해라. 그것이 그대가 할 일이다."

유한은 최봉팔을 똑바로 쳐다보며 입을 열었다. 그의 목소리에 최봉팔도 별다른 반응을 보이지 않고 순순히 상자 쪽으로 걸어가 상자 안에 있는 미술품을 꺼내 바닥에 내려놓기 시작했다.

'이건?'

그와 함께 최봉팔의 두 눈이 번쩍 뜨여졌다.

손에 잡히는 것이 전혀 예상했던 것과 달랐기 때문이다.

'약이 아냐.'

최봉팔은 유한이 한 명을 인질로 잡고, 상자를 부술 때부터 그가 부순 상자가 장지찬의 것임을 금세 알아차렸다.

그리고 역시나 미술품 안에는 들지 말아야 할 것이 들어 있었다. 물론 그 내용물이 최봉팔이 생각한 것과 전혀 다른 차원의 것이었지만 말이다.

'금?'

말 그대로 미술품 안에는 금괴들이 들어 있었던 것이다.

미술품을 보호하기 위해 넣어 둔 보푸라기들 밑에도 금괴가 있는 것은 마찬가지였다. 그러나 아직 상황을 이해하지 못한 소대장들과 알파 팀원들은 긴장 가득한 얼굴로 최봉팔과 유한을 번갈아 쳐다볼 뿐이었다. 잇달아 최봉팔이 금괴를 발견한 것을 본, 유한이 말을 이었다.

"장지찬 재단으로 향하는 금괴다. 더욱이… 문화부장관이 특별 문화 지정 품목이기도 하다."

그의 이어진 말에 알파 팀은 정확히 무슨 말인지는 이해하지 못해도, 이 숨겨진 금괴들이 밀수된 것이란 것쯤은 파악할 수 있었다.

그리고 이제야 유한이 자신들을 이곳까지 유인해 낸 목적을 이해했다. 그는 자신들에게 밀수품을 보여 주기 위해서 이곳까지 목숨을 걸고 자신들을 유인한 것이다.

이윽고 침묵 속에 빠진 장내에서 유한은 갑작스레 데리고 있던 알파 팀원을 수도로 때려 기절시키고는, 재빨리 바닥을 굴렀다.

동시에 순식간에 그의 허리에서 빠져나온 석궁이 다시 한 번 쏘아져 호선을 그렸다. 석궁에서 튀어나온 줄 달린 화살은 이번에는 유한의 정면에 있던 두 명의 알파 팀원의 발목을 묶어 뒤로 넘어트렸다.

잇달아 그의 오른손이 다시 한 번 움직이자, 그의 반대
손에서 또 다른 석궁이 모습을 드러냈다.

슝—!

또다시 로프 소리와 함께 튀어나온 뭉툭한 화살은 마
치 살아 있는 뱀처럼 유한의 왼편에 있는 알파 팀 두 명
을 함께 묶었다. 순식간에 그렇게 네 명이 쓰러지자 나머
지 여섯 명의 인원이 재빨리 사방으로 흩어졌다.

유한의 위치가 최봉팔과 너무 가까워서 사격을 하지
못한 까닭이었다. 결국 경고 사격으로만 그친 후퇴가 이
뤄졌다. 그사이 유한은 어둠 속에서 최봉팔을 힐끗 쳐다
봤다. 최봉팔 또한 금괴를 든 채 우두커니 멈춰 서 있었
다.

'이제부터는 당신 몫이야.'

마주한 유한은 마음속으로 최봉팔에게 그리 말하고는
재빨리 자리를 떴다. 그가 어느 정도 최봉팔과 떨어지자
상황을 지켜보던 알파 팀들이 무차별적으로 그에게 사격
을 가했다.

두두두두두—!

총알들이 유한의 머리와 발밑을 스쳐 지나갔다.

펑—!

동시에 진열된 나무 상자들이 총알에 맞고 부서지자 유한의 앞으로 잘게 부서진 조각들이 비산했다.

유한은 그 먼지와 연기, 비산하는 조각들을 뚫고 앞으로 나아갔다. 이제 금괴를 확인하게 했으니 물러나는 길밖에 남지 않았기 때문이다.

하지만 사실상 이미 유한은 앞뒤로 갇힌 상태였고 결코 빠져나갈 길이 없어 보였다. 더욱이 문 바깥에는 지원 병력이 당도한 경찰 특공대와 알파 팀의 절반가량이 총을 겨눈 채 유한이 나오기를 기다리고 있었기 때문이다.

안쪽에서는 그를 뒤쫓는 알파 팀이, 바깥에는 부두에 온 모든 병력이 그가 나오기만을 손꼽았다.

그러나 유한은 이곳을 빠져나가야만 했고 어떻게든 살 궁리를 찾아야 했다.

반면 알파 팀을 뒤쫓던 최봉팔도 방독면 뒤로 입술을 질끈 깨물었다.

'빠져나가라. 이눔아.'

사실 지금 상황은 최봉팔도 유한의 죽음을 확실시 할 수밖에 없는 것이었다. 앞뒤로 전부 군인과 경찰들에 의해 가로막히고 더욱이 문이 하나밖에 없는 상황 속에서, 대체 무얼 할 수 있을까?

더욱이 유한은 살생조차 하지 않으니 꼼짝 없이 포박당하는 수밖에 없을 것이 분명해 보였다. 지금까지는 잘 도망 다녔지만 이 순간만큼은 달랐다.

'끝난 건가.'

움직이던 것을 멈추고 문 쪽으로 뛰어가는 유한을 바라보며 최봉팔은 저도 모르게 질끈 눈을 감았다. 그와 함께 컨테이너 박스 문이 열리는 소리가 들리며 바깥에 있던 수십 명의 군인과 경찰들이 무차별적인 사격을 가했다.

타타타타타타타탕—!

이어지는 사격에 최봉팔은 양손으로 귀를 막고 입술을 앙다물었다.

'용서해라.'

최봉팔은 어떤 편에 서야 할지, 확실히 결정하지 못해 결국 어느 쪽도 제대로 돕지 못하고 방관하기만한 자신을 탓하며 고개를 돌렸다.

그 때였다.

열린 문 밖으로 헬리콥터 소리가 들리기 시작하자 최

봉팔은 돌렸던 고개를 다시 입구 쪽으로 향하게 했다.

그러자 놀라운 광경이 펼쳐졌다. 총알이 쏟아졌던 자리에 유한이 흔적도 없이 사라진 것이다.

"허?"

그러나 이윽고 최봉팔과 알파 팀은 그가 어디로 빠져나갔는지 확인할 수 있었다. 컨테이너 박스의 천장 위쪽이 마치 거대한 돌덩이를 날린 것같이 울퉁불퉁한 절단면을 보이며 부서져 있었다.

총알이 쏟아지기 직전 유한이 비천파동진으로 천장을 뚫고 나가 버린 것이다. 역시나 이미 바깥에서는 컨테이너 박스 천장 위로 등장한 유한을 보고 소란스러워지고 있었다. 최봉팔은 잔뜩 놀란 얼굴로 알파 팀과 함께 급히 바깥으로 나갔다.

바깥으로 나가자 상황이 확연히 들어왔다.

상황은 급박하게 돌아가고 있었고 설상가상으로, 어디서 날아왔는지 모를 방송국 헬리콥터가 날아오고 있었다.

분명 언론 쪽에 이번 일이 새어 나간 것으로 보였다.

그것이 아니라면 이유는 한 가지였다.

'언론을 끌어들여 국민적인 이슈로 만들기 위해서일

수도 있겠군.'

최봉팔은 심증을 굳혔다. 유한은 자신과 함께 일을 벌였으나, 독자적으로 움직이고 있었던 것이다. 어쩌면 자신이 할 수 있는 일의 한계를 알고 있어서인지도 몰랐다.

그러나 유한의 생각대로 이렇게 언론으로 이번 일이 흘러들어 간다면, 국민들은 장지찬을 잡고자 혈안이 될지도 몰랐다.

더욱이 밀수 금괴가 발견된 지금이라면 상황은 반전될 기미가 있었다. 누구도 이번 일을 쉽게 덮지는 못하게 되는 것이다.

'이런 생각이었냐.'

최봉팔은 혀를 내둘렀다. 그사이 유한은 방송용 헬리콥터까지 더해, 총 세 대의 헬리콥터가 비추는 헤드라이트를 조명처럼 받고 있었고 전 방위에서는 총을 든 경찰과 특수부대원들에 의해 둘러싸여 있었다.

하지만 최봉팔은 그런 그들과 같이 총을 들지 않고 방독면을 벗고 그저 멍한 시선으로 유한을 마주 바라봤다. 지금 그가 하는 모든 일들이 목숨을 거는 일임을 알고 있기 때문이었다.

"대체 왜? 뭣 땜에?"

장지찬과 개인적인 원한이 있는 것일까?

아님 정총만과?

상황상 정총만의 아들을 혼수상태로 만들어 버린 건, 그가 정총만에게 더 개인적인 앙심을 품고 있었던 것을 말해 주는 것일지도 몰랐다.

아님, 자신이 완전히 잘못 짚고 있거나.

그러나 그런 것을 제외하더라도 유한이 하고 있는 일은 희생적인 일이었다. 그의 목적이 무엇이든 간에 그가 하는 일들은 좀 더 밝은 사회에 기여하는 일이 될 수 있었기 때문이다.

최봉팔은 이미 진즉부터 그의 생각이 틀리지 않음을 알고 있었다. 그럼에도 그가 늘 그에게 대항했던 이유는 단 하나, 그의 행동을 법으로 규제할 수 없었던 까닭이다.

법을 수호하는 경찰인 그가 손을 잡기에 유한은 너무 자유로운 시민이었던 것이다. 그래서 더욱 위험해 보이고 위태로워 보였다.

언젠가 그의 판단력이 상실하는 날, 그는 더 이상 대한민국을 밝게 만드는 사람이 아닌 재앙이 될 수도 있을 거라 예상한 탓이다.

하지만 아직까지는 아니었다.

적어도 아직까지는, 그를 지켜보고 싶었다.

그렇게 최봉팔은 오연하게 서서 헬리콥터를 응시하는 유한을 올려다봤다. 그리고 그 순간 유한이 지니고 있는 석궁을 허공으로 쏘아 올렸다.

쐐애애액—!

그와 함께 날아오른 화살 줄은 그의 근방 가까이에서 날고 있던 헬리콥터 다리에 묶여 들었다.

유한의 몸이 둥실 떠올라 헬리콥터 쪽으로 빨려들어 간 것도 그와 함께였다.

두두두두두—!

그러자 총을 겨누고 있던 이들이 급히 사격을 가했지만 그가 사라지는 속도는 그보다 더 재빨랐다. 유한은 마치 손에 접착제라도 달라붙은 듯, 빠르게 헬리콥터 다리에서 내부로 침투했다.

헬리콥터 안에 있던 인원은 빠르게 그에게 제압당하고 단 몇 초 사이, 헬리콥터는 유한의 소유물이 되어 버렸다. 그렇게 유한을 태운 헬리콥터가 사라지자 함께 있던 다른 헬리콥터가 급히 그가 운전하기 시작한 헬리콥터를 따라붙어 갔다.

　하지만 지상 부대는 그저 그 광경을 지켜만 볼 수밖에 없었다. 최봉팔 또한 허탈한 얼굴로 침묵을 지킬 뿐이었다.

3장

침묵

―장지찬 인권 변호사는 오늘 새벽 5시 검찰의 조사를 받기 위해 출두했습니다. 사건에 따르면 그는 미술품 위조에 관한……

　―문화부장관이 자진 사퇴했습니다. 더욱이 검찰 조사를 받고 있는 이 모 장관은……

　"젠장!"
　뉴스를 보던 최봉팔이 손에 쥐고 있던 담뱃갑을 으스러트렸다.

분명히 장지찬의 짓이 틀림없었다. 하지만 매스컴은 전부 장지찬과 정총만의 꼬리 자르기로 농락당하고 있었다.

문화부장관이 자수를 하며 자신이 벌인 밀수라고 발언을 한 것이다. 더욱이 그는 도리어 이번 일이 장지찬과 아무런 관련이 없다고 말했다.

그들의 조치는 빨랐고 국민들의 초점은 자연스럽게 문화부장관을 규탄하는 목소리로 채워졌다. 어느새 정총만과 장지찬에 관한 이야기는 쏙 들어간 것이다.

정총만은 마치 겉으로는, 이번 일이 국가적인 사태라고 말했다. 그리고는 정치인의 한 사람으로서 뉘우치고 싶다며 스스로 국민에 대한 사과문까지 읽었다.

그러자 사회 전반부에서는 유일하게 사과문을 읽고 국민들에게 사실을 전한 정치인이라며 그를 추켜세웠다.

도리어 이번 일이 정총만을 더 빛나게 만든 것이다.

어차피 장지찬은 보통 사람들이 신경 쓰지 않는 일들을 하고 있고 대부분 음지에서의 일들을 처리하기 때문에 거의 타격이 없는 것이나 마찬가지였다.

도대체 왜 상황이 이렇게 변질된 것인지, 최봉팔은 곰곰이 고민했다. 이번 일에 관해 장지찬과 정총만의 대응이 너무 재빨랐기 때문이다.

분명히 그날 현장에 온 자들 중 누군가가 빠르게 이번 일에 대해 전달한 것이 틀림없었다. 그 순간 최봉팔의 뇌리에 누군가가 스쳐 지나갔다.

'기무사령부였어.'

당시 기무사령부에서 나온 인원은 국가적인 사태라며 모든 증거품들을 수집해 갔다. 그러자 민간 강력계 경찰인 최봉팔로서는 손도 댈 수 없는 사안으로 바뀌어 버렸다.

그리고 이후 뉴스에 떠들어대는 장지찬에 관한 이야기는 전혀 근거 없는 이야기들뿐이었다.

그가 검찰조사를 받고 무혐의로 풀려난 것까지 말이다.

검찰 측은 물질적인 증거를 장지찬에게서 찾지 못했고 도리어 장지찬의 하청을 봐주는 인원들은 이번 일이 문화부장관과 자신들이 꾸며 낸 일이라고 자수까지 해 버렸다.

그러자 기무대와 공조 수사를 벌인 검찰 또한 더 이상 그를 붙잡을 만한 명분이 없었다.

더욱이 사건 현장 당시, 출동했던 기무대 쪽은 국가적으로 열띤 논쟁이 시작된 이번 사건에 어떤 대답도 하지 않았다. 정총만의 입김이 작용한 것이 분명했다.

'정총만의 아버지가 군부 쪽 사람이었으니, 그 또한 아는 인척 관계가 많겠지.'

뻔한 사실이다. 하나 최봉팔은 그러한 사실을 예상하고도, 두 눈 뜨고 당할 수밖에 없었다. 결국 아무 힘도 없이 이번 파워 게임을 밀려 버린 것이다.

"젠장!"

그는 결국 쥐고 있던 담뱃갑을 휴지통에 던져 버리며 울화통을 터뜨렸다. 그러자 어느새 등 뒤로 다가온 노지철이 그의 어깨를 툭툭 두들기며 말했다.

"고생했다."

"난 아무것도 한 것 없습니다. 그냥 당하기만 했어요. 시부랄!"

그가 주먹을 꽉 쥐며 이를 갈았다.

❖   ❖   ❖

같은 시각 유한도 문수를 비롯한 드림팀원과 함께 지하 창고에서 이번 뉴스를 보고 있었다.

"대단한 놈들이군."

마지막부활

지켜보던 오대용이 피식 웃으며 실소를 터트렸다. 그렇게 생난리를 쳤는데 건진 건 장지찬 밑의 하청업체와 정총만의 오른팔 역할을 하던 문화부장관뿐이었다.

하지만 그들은 언제든지 자신들을 도울 동조자들을 모을 만한 위치에 있었고 또한 힘이 있었다.

도리어 이젠 반격을 가할지도 모르는 일이다.

함께 있던 준호도 허망한 얼굴로 쓰고 있는 안경을 괜히 들썩였다.

"너무해요. 정말. 이건, 이건 정말 아니라고요."

울화통이 터진 듯 말하는 준호의 눈빛은 진심이었다. 그러나 그러한 심정은 준호만 가지고 있는 것이 아니었다.

고태윤도 괜히 머리를 긁적이며 화를 식히고 있었고, 평소 말이 많지 않은 오유태마저 눈앞에 보이는 책상을 주먹으로 내리쳤다.

오직 평온한 표정을 짓고 있는 건 문수와 유한뿐이었다.

"이미 예상한 일일지도 몰라. 그저 한바탕 뒤집고 싶었던 것뿐이지."

그러던 중 침묵을 지키던 유한이 무겁게 입을 열었다.

동시에 문수도 고개를 끄덕이며 드림팀원들을 돌아보며
말했다.

"다들 제가 한 말씀 드려도 되겠습니까."

그의 말에 드림팀원들의 시선이 전부 문수를 향했다.

오대용을 제외하고는, 문수가 가장 연장자여서 이미
드림팀원들은 그를 선생님이라는 칭호로 부르곤 했다.

"이번 일이 끝은 아닙니다. 더욱이 우리에겐 F건설사
의 일이 남아 있지 않습니까. 아직 우리의 앞에는 산재된
일이 많고 해야 할 일도 많습니다. 고작 한 번의 실패로
주저앉을 수는 없지 않겠습니까."

"문수 선생의 말이 옳다. 우리는 이렇게 잠자코 기다
릴 시간이 없다. 그저 할 일을 하면 되는 것이지."

오대용이 뒷말을 덧붙이며 문수의 말에 힘을 실었다.
축 처진 팀원들의 사기를 돋우려는 취지였다. 유한도 그
러한 둘의 마음을 안 것인지 한결 가벼워진 목소리로 끼
고 있던 팔짱을 풀며 팀원들을 둘러봤다.

"나는 한 명, 한 명이 모두 고마울 뿐이야. 다만, 너무
많은 짐들을 지려고 하지 마. 그저 할 수 있는 만큼만
해. 할 수 있는 만큼 하면 되는 거야."

유한의 말에 모두는 동감했다.

다만, 그렇게 말하는 유한이야말로 그만 짐을 내려놓으라고 이야기하고 싶었다.

그들이 보는 유한은 늘 힘겨워 보였다.

하지만 동료들인 그들은 누구도 그 이야기를 꺼낼 수 없었다. 유한이 겪어 온 일들을 들었을 뿐 아니라 함께 헤쳐 나간 적도 있었던 탓이다. 직접 경험하지 않은 그들이 말하기에 유한의 삶은 너무 고단했다.

하나 그는 잘 견디고 있었고 언제든 팀원들은 그를 도울 준비가 되어 있었다. 그렇기에 그들은 그저 유한의 말을 새겨듣기만 하며 침묵을 지켰다.

"오늘은, F건설에 관한 준호의 브리핑만 듣고 집에 가서 쉬도록 하자고."

"함께 가자."

손바닥을 부딪치며 씩 웃는 유한을 향해 오대용이 갑작스레 제안을 해왔다.

"아닙니다. 저는 따로 할 일이……."

사양을 하려던 유한의 등을 문수가 떠밀며 말했다.

"저도 가도 되겠습니까."

"물론입니다. 그렇지 않아도 할머님께서 유한이 너를 보고 싶어 하신다."

할머니라는 이야기에 유한이 멈칫하자 오유태가 슬그머니 끼어들었다.

"그래. 다들 보고 싶어 하더라. 내 동생도 백날 네 얘기다. 저런 무뚝뚝한 놈이 뭐가 좋다고들 이 아우성인지 원."

오유태가 씩 웃으며 너스레를 떨자 유한은 어쩔 수 없다는 듯 제안을 받아들였다.

"오늘은 함께 가죠. 문수도 함께 가."

"물론입니다. 함께 고기라도 구워 먹는 건 어떻습니까."

"그거 좋죠!"

제일 신난 건 준호였다. 늘 외로워하는 그에게는 팀원들과 현재 집에서 함께 살고 있는 사람들이 가족이나 다름없었다. 그런 그들과 함께 오랜만에 함께 식사를 할 수 있다는 건 그에게는 최고의 선물인 셈이었다.

유한도 준호가 기뻐하는 모습이 보기 좋은지 흔쾌히 알았다고 고개를 끄덕이고는 입을 열었다.

"좋아. 아직 시간이 늦지 않았으니, 저녁 여섯 시까지만 브리핑하고 함께 집으로 가도록 해요. 준호 네가 할머니께 미리 말씀드려."

"옛 썰!"

"나도 소미한테 전화해야겠네."

그들은 모두가 소박한 행복에 기뻐했다. 그 모습을 바라보던 문수가 유한에게 슬쩍 다가와 입을 열었다.

"모든 걸 다 포기하더라도, 저들의 소박함 정도는 지켜주고 싶어지는군요."

"그래. 그래서 가끔은 무서워. 내가 하는 일들이 저들의 소박한 행복마저 빼앗아 갈까 봐."

"저분들의 생각은 다를 겁니다. 그 소박한 행복에 도련님이 함께하기를 바라는 거죠. 도련님이 없으면 저분들의 행복은 완성되지 못합니다."

"정말 그렇게 생각해?"

"물론입니다."

"그럼 문수까지 포함해. 그럼 인정하지."

"영광입니다."

문수가 씩 웃자 유한도 그를 마주 보며 웃었다.

❦   ❦   ❦

그렇게 작은 약속을 잡은 드림팀원과 문수는 이내, 창

고에 마련된 회의용 식탁에 둘러앉아 브리핑을 시작했다.

스크린 앞에는 준호가 나와 이야기를 먼저 꺼냈다.

"우선적으로 현재 진행되고 있는 F건설과의 조인은 서백정의 주도로 움직이고 있어요. 사실 AST쪽에서도 아직까지 이 일을 알고 있진 못한 것 같아요. 보안에 세심히 기울인 탓이죠."

"내가 빠졌다는 것에 대해서는 어떻게 생각하는 것 같아?"

유한이 물었다. 그 질문을 받은 준호는 당연히 그 질문을 받을 줄 알았다는 듯 스크린을 터치하며 대답했다.

"글쎄요. 스크린에 나와 있는 서백정에 관한 프로필만 보더라도, 그는 조심성 있는 인물이에요. 다만 그 조심성이 열등감으로 인해 빛을 발하지 못하고 있지만요. 덕택에 형에 관한 이야기는 크게 대두되지 않았어요. 이미 그는 마음의 결정을 내렸고 확실히 AST와 가까운 서용식과는 선을 긋는 길을 걷기 시작했으니까요. 이제 AST쪽이 그의 자금 융통 사실을 알게 되면 AST와 서용식 또한 악화일로를 걷게 될 거예요."

"그래. 하지만 우리 바람으로는 아직은 때가 아닌 것 같은데."

마지막부활

"예. 이제 서백정이 저희 쪽 페이퍼 컴퍼니에 자금을 쏟아붓기 시작했어요. 곧 알게 되겠죠. 밑 빠진 장독에 물을 붓는 처지라는 걸."

준호가 들고 있는 펜을 돌리며 말했다. 그러자 잠시 이야기를 듣고 있던 문수가 고개를 갸웃거리며 말했다.

"하지만 너무 일이 수월하게 풀리는 듯합니다. 만약 서백정이 우리의 의도를 알아챘을 때 대응할 만한 방법은 있습니까?"

정곡을 찔린 것이나 다름없었다. 그의 말에 준호는 잠시 머리를 긁적이다 혀를 내둘렀다.

딱히 대답할 만한 것을 생각해 두지 않은 까닭이었다. 유한도 문수의 말이 분명 일리가 있다고 생각하며 고민을 했다.

"사실, 그것에 대한 부분은 내가 꽤 오랫동안 생각해 왔어."

유한이 이윽고 입을 열자 좌중의 시선이 그에게 모아졌다. 유한도 더 이상 자리에 앉아 있지 않고 천천히 일어나며 턱을 쓰다듬었다.

"하지만 나도 딱히 다른 생각이 들지 않았어. 별다른 대안이 안 떠오를 만큼 최악의 상황이거든. 하지만 그에 따른 징후는 몇 가지 있을 거라고 생각해. 우리가 할 일은 그가 우리에 대해 알았을 경우, 보일 몇 가지 징후에 초점을 맞추는 거지."

"징후라면?"

준호가 눈을 반짝이며 물었다.

"우선은 그가 우리의 존재에 대해 명확히 알게 된다면, 약속된 자금을 넣지 않을 거란 얘기야. 설사 AST가 서백정의 상황을 파악하고 개입한다면 상황이 달라질 수는 있지."

"어떻게 달라질 거라고 보는데?"

고태윤이 물었다. 그의 질문에 유한이 기다렸다는 듯 말을 이어 갔다.

"AST의 지금까지의 행보로 보면 그들은 서백정이란 꼬리를 자르기 위해, 우리와 함께 그를 침몰시킬 가능성이 농후해. 그렇게 되면 서백정이 조성하려 했던 자금을 한 번에 빼진 않을 거야. 그럼 도리어 우리가 발을 뺄 수 있게 되니 말야. 분명히 NTS나 혹은 그에 상응하는 조직적 대응을 해오겠지. 엄밀히 말하면 법률 위반에 사기죄까지 추가될 테니."

"결국 우리가 할 수 있는 건, 서백정이든 AST든 어떠한 징후를 보였을 때 빠르게 캐치하고 발을 빼는 수밖에 없는 거구나."

가만히 듣고 있던 오대용이 심각한 얼굴로 침묵을 깨며 입을 열었다. 그의 말 대로였다. 문수도 유한의 의견에 이견을 따로 제시하지 않았다. 애초에 세웠던 F건설에 대한 계획은 위험천만할 것을 각오하고 움직였기 때문이다.

어떻게 보면 자신이 제시한 서백정에 대한 대비 문제는 굳이 제기 될 필요성이 있는 문제가 아니었을 수도 있다. 이미 드림팀원 전부가 그에 대한 사실을 알고 있고 대비하는 대신, 언제라도 상황을 수습할 만한 만반의 준비가 되어 있었기 때문이다. 그만하면 충분했다.

"브리핑은 이만하면 됐어. 하지만 일이 잘 풀린다고 해서 서백정을 너무 몰아붙여도 좋지 않다는 건 모두들 예상하셔야 할 겁니다. 갑작스런 변화는 서백정으로 하여금 도리어 두려움을 일으킬 수 있어요."

유한의 말에 모두가 동감했다.

서백정은 형에 대한 열등감으로 인한 트라우마가 강한 작자다.

그러나 이러한 부류의 사람들을 대체로 보면 형의 그

림자에 너무 짓눌려 있어서 스스로 하는 일에 대해 끊임없이 의심하고 불안해하며 겁을 집어먹는다.

한마디로 자신감이 없는 소인배나 마찬가지인 것이다. 이것은 현재 서백정이 어떤 방향으로 가느냐에 따라 양날의 칼이 될 만한 여지가 있었다.

그가 너무 밀어붙이는 드림팀원에 의해 열등감으로 인한 분노를 잊고 자신이 하는 일에 순간적으로 겁을 집어먹게 되면, 그는 그 날로 서용식을 찾아가 자신이 한 일에 대해 살려 달라며 간청할 만한 가능성이 농후했던 것이다.

사정이 그러하니 그를 밀어붙이는 편보다는 지금처럼 부드럽게 회유하는 편이 옳았다.

"너무 걱정하지 말거라. 그 정도는 다들 알고 있으니."

"네. 알고 있습니다."

유한도 굳이 그들이 알고 있는 부분을 집으려던 것은 아니었다.

다만, 최근 일어난 일들에 대해 잔뜩 흥분을 하고 있는 팀원들을 조금은 차갑게 식히려는 것이 이러한 이야기를 꺼낸 이유라면 이유였다.

사실 유한도 내심으로는 금괴에 관한 이야기가 전국

매스컴에 퍼지고 국민들을 뜨겁게 일으킬 거라는 막연한 기대감을 가졌었기 때문이다.

하지만 절반의 성공이었다.

목숨을 건 탈출 시도를 통해 얻은 유일한 소득은 정총만을 돕던 하수인과 장지찬의 하수인들 중 몇이 복잡한 일에 휘말린 정도였기 때문이다.

결국 최봉팔과 유한이 원했던 AST의 뿌리는 여전히 남아 있었다. 그리고 그들은 그 뿌리가 남아 있는 한, 똑같은 일이 반복될 것이라는 것 또한 예견했다.

그렇기에 더욱 차분해질 필요가 있었던 것이다. 뜨거운 분노를 차가운 이성으로 식히고 새로운 돌파구를 찾아 움직여야 했다. 더욱이 AST의 반격 또한 계산에 넣어야 했기에 지금부터가 중요한 시점이 될 가능성이 높았다.

이윽고 드림팀원은 유한의 말을 끝으로 브리핑을 마쳤다.

F건설에 관한 안건은 빠르게 몰아치되, 아직은 그 때가 오지 않은 까닭에 더 브리핑을 할 필요가 없었던 것이다.

"자, 이제 집으로 가야지."

브리핑이 끝나자마자, 오유태가 슬그머니 다가와 입을

열었다. 그는 언제 내뺄지 모르는 유한의 손목을 단단히 붙잡고는 실실 웃고 있었다. 그러자 준호도 어느새 등 뒤로 다가와 유한의 반대편 손목을 쥐었다.

"오늘은 어디 못 가세요. 형."

"이거야 원, 유한아 너 정말 오늘은 못 빼겠다."

지켜보던 고태윤이 볼을 긁적이며 시원하게 웃음을 터트리자 오대용과 문수도 덩달아 미소를 머금었다.

그들의 말대로 오늘은 따로 빠지지 못할 듯싶었다.

'이거야 원.'

어느새 양팔이 잡힌 채 끌려가는 유한의 뒷모습이 유난히 처량해 보였다.

✤　　✤　　✤

전 씨 할머니의 부엌이 오늘은 그릇 달가닥거리는 소리로 분주했다. 곁에서 소미가 음식을 거들고 있었고 나래와 예림 또한 소매를 걷어붙이고 집 앞 마당 탁자 위로 식기를 날랐다.

"언니. 나 선물 뭐 줄 꺼야?"

내년에 고등학교로 입학하는 나래의 물음에 예림이 엷

은 미소를 띠며 말했다. 늘 무뚝뚝했던 예림도 가족이라
는 울타리 안에서 이제는 안정감과 행복을 찾은 것 같았
다.

"글쎄. 뭘 갖고 싶어? 언니가 예전에 모아 둔 돈으로,
친구들 가지고 다니는 스마트폰 사줄까? 너 아직도 휴대
폰 예전 거잖아."

"언니도면서?"

"언니는 별로 바꾸고 싶은 생각이 없어서 그런 거지만,
나래 너는 아니잖아?"

"나도야. 이 휴대폰, 할머니가 힘들 때 모아 모아서 사
준 거라서, 내게는 특별하거든. 나 휴대폰 말구 다른 거
해줘!"

"뭐?"

"놀이공원!"

놀이공원을 가자는 나래의 말에 예림은 알겠다며 고개
를 끄덕였다. 마침 정원으로 문을 열고 나온 소미가 그
이야기를 들었는지 접시를 든 채로 환하게 웃으며 아이들
의 대화에 꼈다.

"언니만 빼놓고 가려구?"

미소를 띤 소미의 음성에 나래와 예림이 눈을 반짝

였다.

"언니도 놀이공원 좋아해?"

"그러엄~!"

사실 소미는 나래와 예림이와 함께 시간을 보내는 걸 곧잘 좋아했다. 단순히 함께 사는 아이들이라서가 아니라 함께 사는 것 그 이상의 느낌을 받을 수 있었기 때문이다. 마치 피가 섞인 친동생들을 마주한 것만 같았다.

서로의 상처를 보듬어 주고 있기 때문일지도 몰랐다. 그렇게 분주하게 식사 준비가 되어 가는 사이, 대문을 열고 건장한 남자 여럿이 정원으로 들어섰다.

"우와! 불판이다!"

가장 신난 준호가 부리나케 숯불이 있는 불판으로 뛰어가자 오유태도 즐거운 얼굴로 소미를 향해 다가갔다.

"소미야. 오빠 왔다!"

평소 작전을 펼치던 드림팀원들이라고 보이지 않을 만큼 그들의 웃음에는 세월의 고통이 보이지 않았다.

소미가 나래와 예림에게 위로를 받듯, 그들도 가족이라는 틀 안에서 함께 상처를 위로 받고 있기 때문일 것이다.

가장 뒤에 따라 들어온 유한과 문수 그리고 오대용은

나래를 보겠다며 안으로 재빨리 뛰어 들어간 고태윤의 뒷 모습을 바라보고 있었다.

"저놈이, 기어코 딸 바보가 되나 싶다."

피식 웃는 오대용의 농담에 문수도 덩달아 동조했다.

"그러게 말입니다. 하하."

문수도 가족이 없다. 부모를 잃고 나서부터는 김소흥의 곁에서는 무예를 배우고 비맥회의 일을 배우며 자라왔기 때문이다.

그래서 늘 내색은 하진 않았지만 그도 가족적인 정감을 그리워했었다. 그가 유일하게 느끼지 못한 것이 가족의 정이기 때문이다. 그러한 탓에 문수는 유한이 자신보다 더 빠른 시기에 그러한 감정들을 느끼기를 바랐다.

자신과 비슷한 처지에 있는 유한이기에 그것이 못내 가슴이 아팠던 것이다. 그러나 유한의 앞에서는 티 나는 내색은 할 수 없었다.

어찌 됐건 자신이 모셔야 할 상관이었기 때문이다. 그때 옆에 있던 유한이 문수를 향해 무겁게 입을 열었다.

"사실 이런 모습들을 보기 위해, 지금껏 싸워 온 게 아닌가 싶어."

"그럴 수도 있겠지요."

소소한 이야기들, 웃음, 그리고 평온함.

이 모든 것들이 유한이 꿈꾸던 이야기다. 상상 속에서 나 있을 법했던 현실이 눈앞에서 펼쳐지고 있는 셈이다.

다만 유한은 그 틈 어디에 자신을 꿰맞춰야 할지 쉽게 판단하지 못했다.

분명 그들은 자신을 가족이라는 울타리로 여기지만 정작 자신은 그들을 어떤 식으로 함께 보듬어야 할지 모르는 것이다. 그래서 유한은 그저 그들을 지켜보는 것으로 만족했다.

사실 그들에게 자신의 깊은 마음을 비추지 않는 것 또한 지금보다 더 어렸던 시절, 소중한 사람들을 수없이 잃었던 그의 아픔 때문이었다.

다가가면 먼지처럼 사라지는 가족이란 이름.

소중하다고 생각했던 누군가는 늘 그가 깊숙이 다가가면 좋지 않은 끝을 맺어 왔다.

그리고 그 끝에 남는 건 오직 유한뿐.

"함께 가시지요."

잠시 우두커니 서 있는 유한의 등을 문수가 떠밀었다. 하지만 유한은 웬일인지 그들을 가만히 지켜볼 뿐, 쉽게 걸음을 떼지는 않았다.

마치 언제라도 떠나갈 사람처럼.

그사이 먼저 집 안쪽으로 걸어가던 드림팀원들이 전부 뒤를 돌아보며 유한을 향해 손짓했다. 문수도 손을 내밀어 유한을 안쪽으로 끌어당기려 했다.

"문수."

"돌아가자고 하시면 정말 화낼 겁니다."

"내가 이런 행복을 누려도 되는 걸까. 아니, 저 사람들은 다치지 않을까? 정말 내 곁에 오래토록 남아 있어질까?"

그의 생각을 모르는 게 아니다. 문수는 유한의 말이 무슨 뜻을 의미하는지 알고 있었다. 소중했던 사람을 잃었다면 새로운 소중한 사람들을 받아들이는 데 몇 배나 되는 노력을 기울여야 하는 것을 아는 까닭이다.

"저도 살리지 않으셨습니까."

하지만 그렇다고 해서 유한을 포기할 생각은 없었다. 문수는 계속 유한의 어두운 일면을 끌어낼 생각이었다.

그의 등을 떠받치는 사람의 도리로써.

그리고 그를 평생 지켜 줄 형으로서.

"모든 것은 바뀔 수 있습니다. 브리핑 때에도 도련님께서 직접 그런 말씀을 하지 않으셨습니까. 할 수 있는 만큼만 하자고. 그것이 최선이라고."

"…그러게 말이야. 난 내가 한 말도 제대로 못 지키고 있는 셈이네."

유한이 쓰게 웃자 문수는 단호하게 고개를 저었다.

"도련님은 지키고 계십니다. 다만, 이제는 조금 힘을 뺄 때입니다. 최선을 다하셨으니, 아주 잠시는… 잠시는 누군가에게 뒤를 맡기고 쉬셔도 된다는 이야기지요. 결코 그런 도련님을 누구도 탓할 사람은 없습니다. 아시겠습니까."

문수의 말에는 힘이 있고 진정성이 있다. 그리고 무한한 신뢰가 담겨 있다. 그래서 유한은 늘 그의 말을 허투루 흘릴 수 없었다. 잠시 고개를 떨어트려 땅을 바라보던 유한이 천천히 고개를 들며 엷게 웃었다.

"이 일이 끝나면 국회의원으로 출마 한 번 해 보는 건 어때?"

"당연한 이야기를 했을 뿐입니다. 너무 띄워 주시는군요."

문수가 너스레를 떨자 유한이 굳었던 안색을 풀며 대답했다.

"당연한 이야기를 이렇게 깊이 있게 하는 사람이라면

달변가라고 불러도 좋을걸. 같은 말로 다른 의미를 부여
할 수 있다는 이야기니까. 어때? 나와 손잡고 정치에 도
전해 보는 게."

"놀리시는 거면 연장자인 제가 너그럽게 봐드리죠."

"정말 고마워. 문수."

"압니다."

문수는 그 말을 내뱉으며 먼저 자신들을 기다리는 일
행에게로 걸음을 옮겼다. 그리고 그런 그를 유한도 시원
한 미소를 지으며 뒤따랐다.

❖　　❖　　❖

함께 저녁을 먹은 뒤, 유한은 다섯 개의 방 중 하나를
문수와 함께 쓰기로 했다. 그리고 같은 시각 소미는 나래
가 데리고 와 키우게 된 유기 견 몽몽이에게 목줄을 채우
고 산책을 나가려 했다.

마침 유한도 문수가 샤워를 하러 간 사이 정원에 나와
있었는지 밖으로 나가려던 소미와 눈이 마주쳤다. 그러자
식사 내내 한마디도 서로 안 했던 두 사람이 처음으로 이
야기를 나눴다.

"그 날 이후로, 이야기 하는 건 오랜만이죠."

유한이 쓰러지고 한바탕 난리를 겪고 난 뒤 소미는 잠시 고민했다. 그에게 조금씩 감정을 보이는 만큼 그가 멀어지는 것처럼 느껴진 탓이다.

사실 유한이 늘 그녀에게만은 딱딱하고 차가운 모습을 보여 준 탓도 있었긴 했다. 유한은 그녀가 자신에게 감정이 있다는 것을 눈치챘고 그녀에 대한 마음을 접게 하고 싶었기 때문이다.

"네."

그러나 오늘은 유한의 태도가 조금 달랐다.

크게 바뀐 것은 없었지만 그의 입가에는 편안한 미소가 걸려 있었고, 소미는 덕분에 용기를 조금이나마 낼 수 있었다.

"앉아도 될까요?"

"여긴 소미 씨 집이에요. 앉을 권리 충분하죠. 도리어 내가 소미 씨한테 물어봐야 하는 겁니다."

"그렇게 진지하게 물어본 건 아닌데."

소미가 혀를 샐쭉 내밀며 대답하자 유한은 더 이상 말하지 않고 눈짓으로 앉으라는 시늉만 했다. 이윽고 차를 마시는 유한의 맞은편에 앉은 소미가 나지막이 입을 열었다.

"미안했어요."

유한이 의아하게 쳐다보자 그녀가 쭈뼛거리며 뒷말을
덧붙였다.

"쓰러진 날, 잠시 얘기했었잖아요. 제가 좀 무례했어
요."

"아직도 마음에 담아 뒀어요? 보기보다 뒤끝 있으시
네."

유한이 처음으로 농담을 던지자 그녀는 좀처럼 이해되
지 않는 얼굴로 멍한 표정을 지었다. 그와 이렇게 밝은
분위기로 이야기를 나눈 적이 처음이었기 때문이다.

늘 그는 마치 뭔가 쫓기는 듯, 그리고 급한 듯 예민해
보였다.

모든 세상과 담을 쌓은 것처럼 말이다.

하지만 오랜만에 본 그의 얼굴은 예전과 달랐다. 그사
이 다른 일을 겪은 것인지, 전과 달리 무거운 짐을 내려
놓은 것만 같았다.

"무슨 일이 있으셨나요?"

문득 그런 질문이 나왔다. 아니, 계속 물어보고 싶었던
질문이었다. 그의 분위기가 바뀐 데는 이유가 있을 거라

는 생각이 계속 머릿속을 맴돌았던 것이다.

그러자 유한이 웃으며 말했다.

"듣고 싶어요?"

쓰게 웃은 유한이 말을 잇자 그녀는 아무런 대답도 하지 않았다. 그에게 중요한 이야기이니 사과를 하고 화제를 돌리는 것이 맞는 상황이었지만 마음은 꼭 그에게서 이야기를 듣고 싶었던 탓이다.

"네."

조그맣게 들려오는 그녀의 목소리에 유한은 잠시 뜸을 들이다 들고 있던 찻잔을 내려놓으며 말했다.

"사랑하던 사람이 죽었어요. 시체도 찾지 못했고."

그 말을 하며 그는 괜히 애꿎은 찻잔만 매만졌다.

그리고 한참 동안 둘은 아무 말도 나누지 않았다.

얼마나 지났을까?

잠시 입을 닫고 있던 그녀가 머리를 스스로 쥐어 박으며 말했다.

"제가 이래요. 안 듣겠다고 했어야 되는데."

스스로 자책하는 그녀를 그윽한 시선으로 바라보며 유한이 대뜸 물어왔다.

"…나 좋아해요?"

"예?"

순식간에 얼굴이 붉어진 그녀의 반응에 유한은 덤덤하게 고개를 끄덕였다.

"좋아하는 거 맞네요."

얼굴이 화끈거려서 벌떡 일어나 버린 그녀를 힐끗 쳐다본 유한이 말했다.

"알고는 있었어요. 대놓고 직접 표현해 주는데, 모르면 바보죠. 다만 늘 거기에 대답해 주지 않고 차갑게 굴어서 미안해요. 딱 자르는 것이 맞는 거라고 생각했거든요."

"지금… 대답해 주시겠다는 거예요?"

그녀는 굳이 부정하지 않았다.

"소미 씨는 이미 내 대답을 알고 있잖아요."

"그럼 거절이네요."

소미가 고개를 숙이고 무릎 위로 손을 가지런히 올려 주먹을 쥐었다. 가녀린 그녀의 어깨가 잘게 떨리는 것을 본 유한의 눈빛도 자연스레 깊어져 갔다.

"말했듯이, 평생 가슴에 담았던 사람이 시체도 남기지 않고 죽었습니다. 더 사랑할 기회도, 쫓기듯이 도망친 내 자신에 대한 회개할 시간도, 그리고 지금껏 모든 걸 어긋

난 시선으로만 바라봤던 서로에 대한 미안한 감정에 대해
서도 이야기할 겨를을 주지 않고 떠나 버렸어요. 그래서
지금은, 아니 앞으로도 힘들지 모릅니다. 누군가를 사랑
하고 내 일부분으로 받아들이는 건 많이… 걸릴 겁니다.
그리고 난 그러한 인내의 시간을 소미 씨에게 기다려 달
라고 할 만큼 모진 사람이 못 됩니다."

　그는 솔직히 자신의 마음을 털어놓았다. 문수의 말대
로 소미 또한 오유태의 동생뿐 아니라 함께 지낼 가족과
같은 사람이다. 그녀의 마음을 받아들일 수 없다고 해서
언제까지나 차갑게 냉대하는 건, 옳지 못하다는 생각이
들었다.

　그래서 유한은 솔직히 털어놓았고 이젠 그녀의 대답을
들을 차례였다.

　"포기해 달라는 말씀으로 들려요. 맞나요?"

　"정중하게 제가 더 이상, 소미 씨를 보고 불편하게 대
하는 일이 없었으면 하는 바람입니다. 너무 어려운 부탁
입니까?"

　유한은 충분히 자신의 마음을 전달했다.

　"마음을 접어 달라는 말씀은 하지 말아 주실래요?"

　침묵을 지키던 그녀의 말에 유한은 그저 입을 꾹 닫은

채 아무 말도 하지 않았다. 그러자 그녀의 말이 이어졌다.

"마음을 접는 건 제 마음이잖아요. 기다리건, 기다리지 않건 결정하는 것도 제 몫이라고 생각해요. 적어도 뛰는 심장을 멈출 수는 없잖아요."

그녀의 흔들리는 눈빛에 유한은 가슴이 먹먹했다. 사실 그도 안다.

누군가를 사랑한다는 것에는 딱히 이유 따윈 없다는 걸.

"우리… 잠깐 걸을까요?"

유한은 이만하면 충분하다고 생각했는지, 자연스럽게 화제를 돌리며 자리에서 일어났다. 그런 유한을 바라보며 그녀도 고개를 끄덕였다.

어차피 몽몽이와 함께 산책을 나가려던 참이었기에.

그렇게 걸어 나가는 두 사람의 앞으로 불어오는 봄바람이 제법 따스했다.

4장

몰락

서용식은 이마를 찌푸렸다. 최근 서백정의 태도가 고분고분해진 탓이다. 그는 누구보다 자신의 동생인 서백정을 잘 알고 있기에 더욱 신경이 거슬렸다.

　'저놈이 이렇게 고분고분 말을 들을 놈이 아닐 텐데.'

　서백정은 능력이 없다. 그렇다고 고삐 풀린 망아지처럼 굴 놈도 아니었다. 적당히 시류나 편승하면서 자신의 눈치나 볼 동생이었다.

　물론 늘, 능력에 대한 열등감으로 툴툴거리는 놈이긴 했지만 적당히 콩고물도 주고 있었고 꽤 높은 직급인 재무 이사 자리도 넘겨주었으니 입 다물고 있으면 노후까지도 편안하게 보낼 수 있을 것이다.

적어도 서용식은 그렇게 생각했다.

그런데 어느 날부터인지 서백정은 평소 툴툴거리던 습관을 지워 버렸을 뿐 아니라 일을 시키면 시키는 대로 넙죽넙죽 하기 시작했다.

적당히 넘겨서 밑에 사람 시키던 서백정이 완전히 변한 것이다. 하지만 서용식은 그러한 변화가 못내 거슬렸다. 사람이 갑자기 변하는 것에는 분명 이유가 있다는 것을 아는 탓이다. 아무래도 단독 면담을 통해 서백정이 무슨 꿍꿍이를 꾸미고 있는지 캐내 봐야 할 것 같았다.

따—!

이내 인터폰으로 비서실을 연결한 서용식이 입을 열었다.

—서 이사 좀 불러 주겠나.

—마침 오셨습니다.

비서의 대답에 서용식은 잘됐다는 듯 입맛을 다시며 인터폰을 껐다. 그리고는 앉아 있는 고급 의자에 몸을 파묻으며 서백정이 회장실 안으로 들어오기만을 기다렸다.

끼익.

곧 문이 열리고 서백정이 들어서자 서용식의 눈빛이

부드럽게 변했다.

"앉아라. 차라도 내어 오라고 할까."

"아닙니다. 회장님."

"회장은 무슨, 언제부터 네가 날 회장으로 여겼다고. 형이라 불러라."

갑작스런 그의 말에 서백정은 위화감을 느꼈다. 늘 회사에서는 회장이라고 깍듯하게 부르라고 했던 그의 형이었기 때문이다. 서용식이 서백정의 변화에 이상함을 느낀 것처럼 서백정도 본능적으로 위험신호를 느꼈다.

'이놈이 또 무슨 수작을.'

형이 아니라 혈육의 탈을 쓴 아귀다. 서백정은 애써 태연한 신색으로 자리에 앉고는 고개를 설레설레 저으며 말했다.

"아닙니다. 회장님께서도 사무실 내에서 깍듯하게 행동하라고 말씀하셨지 않습니까."

"그거야 그랬지."

어느새 소파로 걸어와 상석에 살포시 앉은 서용식이 이윽고 서백정을 살펴보듯 요리조리 몸을 훑었다. 마치 그의 속내를 까뒤집어 보는 것만 같았다. 그러나 서백정은 더 이상 서용식에게 자신의 속내를 들키는 것이 증오

스러울 만큼 비참했다.

목숨을 건 투자를 결정한 것도 그러한 연유에서였다. 마치 형의 행동에 구애받고 꼭두각시처럼 움직이는 자신을 벗어나기 위해서였던 것이다.

"요즘 바쁘다고 들었다."

잠시 침묵을 지키며 서백정을 살피던 서용식이 대뜸 근황을 물었다. 서용식의 질문에 서백정은 입맛을 다시고는 피식 웃었다.

"뭐, 바쁠 게 있겠습니까. 회장님이 더 바쁘시겠죠."

"너 요새 재미있는 일을 하고 다닌다더구나."

밑도 끝도 없이 찔러 보는 그의 질문은 분명 날카로웠다. 질문을 하는 이유 자체가 모호하지만 그렇다고 딱히 대답할 만한 건 없다.

더욱이 정말 일을 꾸미고 있다면, 상황 분위기가 묘해지는 것이다. 평소라면 피식 웃고 지나갔을 질문이나 지금은 상황이 달랐다. 그리고 서용식도 그러한 의도로 질문을 한 것인지, 질문을 하자마자 날카로운 눈빛으로 서백정의 반응 전체를 살펴보고 있었다.

그가 손을 까딱거리는지. 아님 다리를 떠는지. 혹은 진땀을 흘리며 손수건으로 이마를 닦는지 등등 그는 서백정

의 일거수일투족을 살폈다. 그러나 의외로 침묵을 지키며
입을 닫은 서백정의 표정은 언뜻 아무렇지도 않아 보였
다.

"왜 대답이 없어?"

일부러 서백정을 압박하기 위해, 서용식이 재차 입을
떼자 서백정이 그제야 실실 웃으며 입을 열었다.

"당연한 걸 물어보시니 그랬습니다. 사실 제 직함이
재무이사지, 하고 있는 일이 재무에 관련된 일은 많지 않
지 않습니까? 대부분 회장님이 관리하고 계신 것 아닙니
까."

"그렇다고 네 접근 권한이 없는 것도 아니지. 아니
냐?"

사실 서용식은 최근 재무에 관한 서백정의 보고서를
충실히 받았다. 그 결재 서류들에는 그가 의심스러워할
만한 부분이 크게 없었고, 늘 통상적인 절차여서 그냥 그
러려니 하고 넘겼다. 다만 계속 자신이 서백정을 물고 늘
어지는 이유는 단 하나, 직감이 불편해서였다.

'분명히 뭔가 있는데.'

목에 걸린 생선 가시처럼 자꾸 거슬리는데, 쉽게 종잡
을 수가 없다. 그래서 서용식은 서백정을 압박하며 그것

을 알아내려 해 본 것이다. 하지만 서백정은 의외로 태연하게 말을 받아치며 전혀 이상한 점을 못 느끼게 했다.

"사실, 재미있는 일을 하긴 합니다."

"얘기해 봐."

마주한 서용식의 눈이 뱀처럼 가늘어졌다. 그는 서백정이 자신이 주는 압박감을 못 이기고 결국 실토를 할 것이라 예상한 것이다. 그러나 뒤이어 들려오는 목소리는 그런 그의 예상을 짓뭉갰다.

"요새, 바둑에 빠져서 헤어 나오질 못합니다. 제가 오죽하면 컴퓨터로 바둑이나 하고 앉아 있겠습니까? 회장님께 보고서 올려 드리는 것 말고 제가 하는 일이 없습죠. 그래서 말입니다."

어느새 서용식의 앞에 무릎을 꿇은 서백정이 간절한 눈으로 서용식을 바라봤다.

"형님. 이제 저도 형님한테 사업 수완 정도는 배워야 되지 않겠습니까? 권한이 있으면 뭐 합니까. 그냥 회사 업무나 좀 처리하게끔 일거리나 좀 넘겨주십시오. 제가 이제 부하 직원 보기도 민망합니다."

얼핏 울음까지 섞인 서백정의 목소리에 서용식은 대답 대신 그냥 손사래를 치며 그만 나가 보라는 시늉을 했다.

"가 봐."

딱히 서백정에게서 수상한 기미를 발견하지도 못했거니와 괜히 더 서백정을 상대했다가는 사정 봐 달라, 돈 좀 투자해 달라, 등 귀찮은 일만 생길 것 같았기 때문이다.

"형님."

하지만 서백정은 나갈 생각이 없는지 이번에는 서용식의 바짓가랑이를 붙잡았다.

"허어. 안 나가?"

그는 서백정이 다른 요구를 하기 전에 단호한 목소리로 대답했다. 그리고 나선 서백정의 손을 탁 쳐내며 다시 자신의 책상으로 돌아갔다.

처음 보였던 상냥한 말투와는 전혀 다른 모습이었다. 그렇게 서용식이 바늘로 찔러도 피 한 방울 안 나올 것 같은 분위기를 보이자 서백정은 결국 요구를 포기하고 서용식의 사무실을 벗어났다. 하지만 뒤돌아선 서백정의 입가에 걸린 미소를 서용식은 보지 못했다.

❖　　❖　　❖

늦은 밤, 서백정은 집에서 키우는 강아지 한 마리에 목줄을 채워 밖으로 산책을 나섰다. 그렇게 얼마쯤 걸어 공원에 들어서자 서백정은 개를 이끌고 이곳저곳을 기웃거리다, 휑해 보이는 공터 벤치 자리에 슬그머니 앉았다. 그러자 얼마 있다가 추리닝 차림의 청년 한 명이 조깅을 하다 멈추고 그의 옆에 앉아 들고 있던 생수를 마시며 입을 열었다.

"하. 덕분에 조깅했으니 고맙다는 말씀을 드려야겠습니다. 하하."

청년의 웃음에도 불구하고 서백정은 별다른 반응을 보이지 않았다. 그저 개 목줄을 단단히 동여 쥔 채 정면을 응시할 뿐이었다.

"자금을 얼마나 더 투자해야 하는 거요?"

서백정의 직설적인 질문에 청년, 준호가 피식 웃으며 대답했다.

"사업이 수학은 아니지 않습니까. 계산하면 답이 나오는 게 아니란 말씀이지요."

"젠장. 이러다간 내 형이 눈치채게 생겼소. 벌써 그쪽으로 들어간 돈이 이십억이 넘어갔단 말이요. 그럼 소기의 성과라도 보여 줘야 하는 거 아니요? 곧 구멍이 난 곳

마지막부활

을 금세 알아차릴 거요. 이러다가는 커넥션이 있는 조직
에서도… 내가 횡령을 벌였다고 생각할 거요."

"마음을 차분히 가라앉히세요."

"차분히? 당신 같으면 마음을 차분히 할 수 있겠소?
이건 내 목숨이 걸려 있는 문제란 얘기요!"

소리치는 서백정의 눈빛에 살의가 들었다. 그러자 준
호도 알겠다는 듯 자리에서 일어나 웃음을 거두며 대답했
다.

"저희도 목숨을 건 건 마찬가지입니다. 좋으나 싫으나
이사님과 저희는 이미 한 배를 탔고 저희 또한 명맥을 유
지하려면 F건설에 인수합병 되어야 많은 조건을 충족시
킬 수 있다는 얘기입니다. 그러니 우선 진정하시고 계속
사업 얘기 진행하시죠."

준호의 말에 일리가 있다고 생각했는지 서백정은 그제
야 벤치에 다시 앉아 씩씩거렸다. 그리고는 품에서 담배
를 꺼내 입에 물며 불을 붙였다.

"한 대 피시겠소?"

"아닙니다."

준호는 서백정의 말에 고개를 저었다.

"하, 사업하는 양반이 담배도 안 피고 어떻게 그 스트

레스를 감당하시오?"

서백정은 의외로 마음을 금세 가라앉히고 자연스럽게
일상의 화제를 돌렸다. 그도 무조건적인 흥분이 자신에게
득이 되지 않는다는 것을 아는 까닭이다. 사실상 칼자루
는 이미 그들이 반쯤 쥐고 있다고 해도 과언이 아니었다.
이미 자금이 들어갔고 그 자금을 융통해서 기술을 넘겨주
는 건 준호에게 달려 있었기 때문이다.

—아직 아니다. 준호야. 섣불리 미끼 던지지 마.

마침 귀에 꽂은 무선 통신기로 오대용의 목소리가 들
려왔다. 그는 혹여나 준호가 심약해 보이는 그를 더 흔들
작정으로 무리를 할까 싶어 미리 이야기를 꺼냈다.

물론 이후 준호에게서 대답은 없었지만 준호는 오대용
의 말대로 무리하지 않고 계속 서백정과의 대화를 내내
주도해 갔다.

"다음 주 중으로 확실하게 말씀드리도록 노력해 보겠
습니다."

이윽고 서백정과 적당히 타협을 본 준호가 자리에서
일어났다.

"정말 대답을 주셔야 하오."

합병에 목숨을 건 서백정의 눈빛은 안타까울 만큼 간

절했다.

"예."

그러나 돌아서는 준호의 눈에는 싸늘함만 가득했다.

❦　　❦　　❦

준호가 차량 및 이동 지휘소로 쓰는 트럭으로 들어가
자 안에 있던 팀원들이 준호를 빈겼다.

"휴. 큰일 날 뻔했어요."

"왜?"

오유태가 의자를 돌려 준호를 쳐다보며 묻자 준호가
안도의 가슴을 쓸어내리며 대답했다.

"원사님의 조언이 아니었으면 밀어붙일 생각이었거든
요. 그런데 점점 이야기를 나눌수록, 이 사람 저를 계속
떠보는 것 같았어요. 딱히 결과물들이 나오지 않는 것에
대해 한탄하는 것이 아니라 제 진위 여부를 가려 보는 것
처럼 말이죠."

"그래. 서백정이 아무리 트라우마로 떡칠이 된 놈이라
고 해도, 만만치는 않다는 얘기겠지."

이해한다는 듯 고태윤이 동조했다. 준호는 책임자인

오대용의 지시를 잘 따라줬을 뿐 아니라 틀리지 않은 판단을 해주었다.

팀원들은 전부 준호가 현장에 조금씩 적응해 간다는 것을 새삼 깨달았다. 요즘 들어 부쩍 준호의 성격이 변화한 것이다. 좋은 의미의 변화였다. 그리고 그들은 그러한 변화가 누구 때문인지 알고 있었다. 바로 준호의 마음속 우상, 유한 덕분이라는 것을.

"다음 주쯤 벌집을 건드는 게 좋겠다."

잠시 고민하던 오대용이 내린 결론이었다. 그의 판단에 곁에 있던 유한도 턱을 쓰다듬으며 대답했다.

"너무 이르지 않겠습니까. 서백정의 의심이 우리를 향할지도 모릅니다."

유한의 제안에도 불구하고 오대용은 단호했다.

"방금 전, 감청으로 준호와 이야기하던 서백정의 감정은 이미 극단으로 치닫고 있었다. 이젠 때가 온 거다. 대기업의 개입을 얘기하고 정보가 어디선가 흘러나왔다고 얘기해야 돼. 그놈의 의심이 우리가 아닌, AST나 서용식을 향할 수 있도록 말이야."

"그렇게 생각하신다면야, 저도 더 다른 이견은 없습니다만. 아무래도 AST의 이목을 조금 돌릴 필요가 있겠군요."

서백정이 급하게 자금을 조달하기 시작하면 AST가 알아채리란 건 확실했다. 그러니 그들의 이목을 조금은 돌려놓을 필요가 있었다.

애초에 T케미칼을 노린 것 또한 그러한 이목 돌리기의 연장선상이었지만 그것으론 분명 부족했다. 그러니 더욱 그들을 흔들어 이목을 F건설이 아닌 다른 곳으로 돌리기 위해서는 일전에 유한이 부두에서 벌인 일을 AST가 수습하고 있는 지금이 가장 적절했다.

"무슨 방법으로 그놈들 이목을 돌릴 생각이냐."

"장지찬과 이어져 있는 끈들을 잘라 낼 생각입니다. 그 시작은 T케미칼입니다. 준호."

유한의 말이 끝나기 무섭게 어느새 개인용 노트북을 든 준호가 대답했다.

"예썰~! 여길 좀 봐주세요."

준호가 모니터에 띄운 창에는 최근 T케미칼의 경영권 변경 사항들이 들어 있었다. 꽤나 공들여 알아본 것인지, 복잡한 그래프로 가득했다.

"T케미칼이 F건설과 자금으로 묶여 있다는 건 모두들 아시죠. 하지만 그렇다고 해서 그들의 경영 인사들이 겹

친다는 말은 아니죠. 우선적으로 그들의 경영권은 제가 봤을 때 전적으로 AST의 의사를 따른다는 전제하에서 이뤄지는 것 같아요. 아주 오래전부터 대주주였던 유호진이 AST와 긴밀한 관계를 유지하다가 2002년부터 슬슬, AST와 관계가 얽혀 있는 이건호가 움직이기 시작하거든요. 그렇게 자연스럽게 대표이사가 바뀌고 유호진은 단순히 뒷방 노인이 아닌 이건호를 지지하는 주주 정도로 적당한 자리를 차지하죠. 물론 가지고 있던 주식도 웬일인지 모르겠지만 이건호에게 양도하고 말이죠. 그런데 이런 권력 변화에 한 가지 재미있는 점이 있어요. T케미칼 내부에서 이건호를 두고, 유호진과 대립 양상을 보이던 윤 회장이 갑자기 쓰러져 혼수상태에 빠지자 유호진의 바통을 이어받은 이건호는 더욱 기세등등해져 T케미칼을 순식간에 잠식해요. 너무 타이밍이 절묘하죠."

"AST군."

팔짱을 낀 채 듣고 있던 오유태의 나지막한 음성에 유한이 동조하듯 고개를 끄덕였다.

"그 말이 맞아. 유호진과 이건호는 분명히 AST의 꼭 두각시야. 하지만 그만큼 밀접하다는 이야기이기도 하지. F건설뿐 아니라 AST의 한국 지부가 휘청거리려면 반드시 T케미칼의 타격이 있어야 해. 장지찬의 눈이 휘둥그레지려면 이건호를 제거해야 한다는 이야기야."

"암살이라도 하겠다고? 그건… 도리어 AST 내부 조직을 단결시키는 악 효과를 낼지도 모른다."

오대용은 결코 유한의 생각에 동조하지 않았다. 그러나 유한도 그럴 줄 알았다는 듯 씩 웃으며 대답했다.

"원사님의 생각만큼 위험하지는 않습니다. 물론 암살이라고 볼 수도 없고요."

"제거한다고 하지 않았느냐."

"제거가 반드시, 목숨을 앗아가는 게 다는 아닙니다. 그들이 가지고 있는 걸 빼앗는 것도 제거라고 볼 수 있죠."

"이해가 되지 않는구나."

오대용을 비롯한 나머지 팀원은 유한의 생각을 알고 싶었다. 그러자 유한이 눈을 반짝이며 오유태를 가리켰다.

"유태는 저와 함께 움직이겠습니다. 서백정과의 거래에서는 이제 크게 기계 장비가 필요하지 않으니, 있는 장비로도 충분히 해결이 가능할 것이고 이제부터는 전략 싸움이니까요."

"그건 상관없다만. 무슨 일을 벌이려는 거냐?"

오대용은 몹시 궁금해 하는 표정이었다. 도리어 유한의 부탁으로 T케미칼에 관한 자료를 더 모아 준 준호도 그가 무슨 생각을 하는지 감이 잡히지 않는 것 같았다. 이어 고태윤 또한 유한이 대답해 주기를 조용히 기다렸다.

단 한 사람, 지목당한 오유태만이 무슨 말인지 이해하겠다는 양 피식 웃고 있었다.

동시에 유한도 더 이상 뜸을 들이지 않고 곧바로 뒷말을 덧붙였다.

"제가 이건호가 되면 됩니다."

"이건호?"

"네. 얼마 전 문수와 유태가 재미있는 장난감을 개발했다고 하더군요. 그렇지?"

"그건 제가 설명해 드리죠."

그간 유태는 팀에 도움 될 만한 일거리를 찾았다. 그러던 중 문수의 제안으로 한 가지 일을 시작했는데 그것이 이동식 페이스오프라고 명칭을 붙인 장비의 개발이었다.

이동식 페이스오프는 연결된 전산장치에 미리 계산해 둔 값이 입력되면 사람의 피부와 가장 흡사한 피부 질로 계산된 값에 따른 얼굴 형태를 만드는 장치였다.

쉽게 말하면 다른 사람의 가죽을 뒤집어쓰게 되는 것이다.

듣고 있던 팀원들도 전부 어이없다는 표정이었다. 설마 사람의 얼굴을 조립해 뒤집어쓴다는 생각을 할 줄은 꿈에도 생각하지 못한 탓이다. 아니, 그보다 그러한 상상을 현실의 장비로 만든 오유태가 더 대단해 보였다. 오유태도 오랜만에 활약 때문에 어깨에 잔뜩 힘이 들어간 듯 자신만만해진 웃음을 보이며 말을 이었다.

"에헴. 아무튼 이 페이스오프의 기능이라면 어디서든지 이 특수재질의 가죽만 있으면 어떤 사람의 모습이든 똑같이 만들어 낼 수 있는 셈이죠. 그 사람의 특이한 행동이나 습관 등까지 익히면 적어도 며칠은 활동할 수 있게 되는 겁니다. 물론 변장을 하고 있는 사람이 얼마만큼 다른 사람의 흉내를 잘 낼 수 있느냐에 따라 유지할 수 있는 기간이 길어지겠지만요."

"믿기지 않는 기능이네요."

준호가 입을 벌린 채 놀라워하자 유태가 별것 아니라며 손사래를 치고는 다시 대화의 중심을 유한에게 넘겼다.

"자, 이제 네 차례다."

그는 유한의 어깨를 툭툭 쳐주고는 다시 자리에 앉아 유한의 말을 기다렸다. 사실 장비만 구현해 주었을 뿐이지, 자세한 상황 계획은 유한이 짜고 있었기 때문이다. 이윽고 유한이 다시금 입을 뗐다.

"현재 이건호의 운전기사가 그림자의 소속된 분입니다. 이건호가 어디로 움직이든, 늘 따라나서기 때문에 전날 비서에게 직접 스케줄 표를 받아 놓죠. 이번 일은 그분과 함께 움직이면 될 것 같습니다."

간단한 얘기였지만 자세히 들여다보면 납치를 하겠다는 얘기였다.

"얼마나 끌 생각이냐."

"일주면 충분합니다."

"일주? 대체 일주 동안 뭘 하려고."

"이건호가 가지고 있는 주식 전부를 최대한 휴지조각으로 만들어 버릴 겁니다. 그럼 F건설을 살려야 하는 AST쪽은 T케미칼 쪽으로 시선을 돌릴 수밖에 없을 거고, T케미칼과 자금이 밀접하게 연결되어 있는 F건설도 그렇게 자금사정이 여의치만은 않을 겁니다. 그럼 서용식도 당황할 테고 서백정도 자신이 횡령한 자금이 들킬까 걱정하겠죠. 그 타이밍에… 예상치 못한 기업이 끼어들었다고 하고 그 조각을 그들의 중심인 CH투자자문회사를 가리키게 만들면 서백정은 그들이 자신의 계획을 눈치챘을 거라고 생각하고 도리어 우리 쪽에 자문을 하게 될 겁니다. 그것이 아니고 CH가 서백정의 존재를 모르고 투자한 것이라고 생각한다면 더욱 좋겠죠. 적어도 우리도 우리의 이득을 위해 그와 뭉쳐야 한다고 생각하는 자니까요. 물론 그 때까지도 AST는 T케미칼을 보존하느라 정신이 없을 겁니다."

"하기야, 이건호 행세를 하면 금세 주식을 물론이거니와 가진 바 재산도 휴지조각으로 만들 수 있겠지. 언제 착수할 생각이냐."

"이틀 뒤에 시작할 생각입니다."

"성공할 수 있겠냐."

염려가 되는지 고태윤도 은근슬쩍 유한에게 다가와 묻는다. 분명 또다시 쉽지 않은 일일 것이 분명했다. 이건호에 대한 사전 조사도 부족한 마당에 그의 행세를 일주일 동안 한다는 건 쉽지 않은 일이기 때문이다.

다만 다행스러운 건 미리 알아본 이건호의 키가 유한의 키와 비슷하다는 점이었다. 만약 체형이 달랐다면 꿈도 꾸지 못할 일이다. 체형은 어떤 장비로도 해결될 수 없었기 때문이다.

"성공 여부에 관계없이 해 봐야겠지."

대답하는 유한의 결심은 확고한 듯 보였다.

그는 자신을 염려하는 팀원들의 눈빛을 마주하며 굳은 표정으로 입을 다시금 열었다.

"이틀 뒤에, T케미칼 접수합니다."

❖　❖　❖

장지찬은 하얀 침대 위로 누웠다.

DNA 주입이 이뤄지는 첫날이었던 탓이다.

물론 아직 뚜렷한 실험 결과가 없기에 그의 신체가 DNA 결합에 적합한지 부적합한지를 판단할 수는 없었다.

사실 DNA 결합과 함께 이뤄지는 감마선이 신체에 어떤 영향을 주는지도 정확히 판단이 서지 않았던 것이다.

그럼에도 장지찬은 고집을 부렸다.

평소의 신중하고 꼼꼼한 완벽주의자 같은 그의 태도는 온데간데없이 사라졌고, 이미 장지찬의 눈에는 가지지 못

166　*마지막부활*

한 것에 대한 열망만이 가득했다.

한계 이상의 힘!

인간이 가질 수 없는 그 이상의 것을 원하고 있는 것이다. 이윽고 방탄유리 자동문을 열고 들어선 연구 팀장이 누워 있는 장지찬을 보며 입을 열었다.

"기분은 어떠십니까."

"나쁘지 않군요."

"다시 한 번 말씀드리지만… 위험한 일입니다."

그의 충고에 장지찬이 피식 웃으며 대답했다.

"충고는 고맙지만 결정은 내가 합니다. 아시겠습니까."

"물론입니다."

더 이상 연구 팀장도 그를 말릴 생각은 없었다. 그는 너무도 확고한 장지찬의 대답에 이내, 가지고 온 DNA 주사기의 캡을 열었다.

"첫 주입은 따끔하실 겁니다."

이윽고 연구 팀장은 그의 동맥에 우도영과 봉육달의 DNA 중 가장 왕성하고 고농도의 DNA를 뽑아 만든 혈액을 주입했다. 그리고 난 후 연구 팀장이 밖으로 나가자 방 안이 어둑해지며 잇달아 방 안에 설치된 감마선 장치에서 감마선이 장지찬의 전신을 훑어 내리기 시작했다.

일직선의 붉은 선이 그의 머리부터 발끝까지 움직이자 DNA가 주입된 장지찬의 동맥이 처음으로 붉어지며 변화를 겪기 시작했다. 그러자 장지찬의 입에서 비명이 터져 나오고 그의 두 눈이 동공이 보이지 않을 만큼 붉은 혈관으로 물들었다.

한편 유리벽 너머에서 이 상황을 지켜보던 연구 팀장의 얼굴에는 초조함이 감돌았다. 지금의 실험은 첫 생체 실험이었을 뿐 아니라 그간의 연구 결과를 집대성한 것이었기 때문이다.

"감마선을 더 쐬어."

갑작스러운 그의 명령에 장비를 담당하는 연구원이 놀란 목소리로 반문했다.

"예?"

"못 들었나? 감마선을 더 뿌리라고!"

연구 팀장의 예상으로는 가장 첫 번째 신체적 변화가 껍질이 벗겨지며 이뤄져야 했다. 말 그대로 누에고치가 번데기에서 태어나듯, 기존에 가지고 있는 뼈와 피부 전부가 재배열이 되어야 하는 것이다.

그러나 지금 눈에 보이는 건 고작해야 동맥이 뒤틀리

고 그의 허리가 고통으로 꺾였다는 것뿐, 눈에 보이는 차이가 없었다.

'이대로 실패할 수는 없지.'

이미 실험에 착수한 이상, 쉽게 포기할 수는 없었다. 어떻게든 이 실험을 성공적으로 마무리해야 했다.

실패도 단순한 실패가 있는 것이 아니라 득이 나오는 실패가 있는 법이었으니까.

"말귀 못 알아듣나?! 감마선 최대치까지 높여!"

"하… 하지만 그럼, 장 변호사님이."

연구원의 겁먹은 얼굴을 본 연구 팀장은 평소 장지찬의 앞에서 보이는 순종적인 모습은 집어던진 채 사나워진 얼굴로 연구원의 멱살을 끌어당겼다.

"하라면 해. 알겠나?"

이미 자신의 연구를 증명하기 위해 이성을 잃어버린 연구 팀장은 두 눈에 광기만이 보였다. 늘 연구에 대한 회의와 실패를 거듭했던 그에게는 이번이 마지막 기회나 다름없었던 탓이다.

반드시 성공해야 자신의 생각이 옳았으며 자신을 쫓아낸 학계가 틀렸다는 것을 입증할 수 있었다. 연구 팀장은 그것이면 충분했다. 이윽고 팀장의 지시에 따라 출력이 높여지자 장지찬의 전신을 쏘이던 감마선의 양도 많아졌다.

그럴수록 장지찬도 토악질을 하며 피를 뿜었다. 그가 토해 낸 피가 유리벽에 질퍽하게 묻자 연구원들의 표정이 사색이 되었다.

하지만 팀장은 결코 멈출 생각이 없는지 유리창을 주먹으로 내려치며 고통에 호소하는 장지찬을 보고도 눈 하나 깜짝하지 않았다. 이미 감마선과 DNA 주입이 끝난 이상 어떤 식으로든 실험 결과를 보고 싶은 것이 그의 바람이었기 때문이다.

"1차 변이가 시작됐습니다!"

그 와중에 장지찬의 몸이 본격적으로 변하기 시작했다. 주저앉아 힘없이 문을 두들기던 그의 눈이 퍼런 혈관으로 가득해지더니 쓰러진 그의 몸에서 각종 뼈들이 살을 뚫을 것처럼 튀어나오기 시작했다.

단순히 몸이 기형적으로 꺾이는 것과는 조금 차이가 있는 변화였다. 먼저 그의 외피 살갗이 불이 타오르는 것처럼 조금씩 타들어가기 시작한 것이다. 그리고 그 변화는 얼마 지나지 않아 장지찬의 살 전부를 태워 버리고 그의 속살을 드러나게 했다.

"끄악—!"

변화가 지속되는 내내 장지찬의 입에서 비명은 끊이지 않았다. 그렇게 고통에 몸부림치던 장지찬은 이내, 심각한 기절을 했다.

"아무래도 심장마비가 온 것 같습니다!"

보조 연구원의 외침에 턱을 쓰다듬며 상황을 지켜보던 팀장은 결국 직접 자신이 살균 유리방 안으로 들어가기로 결정했다.

"외벽 열어. 내가 직접 들어갈 테니."

팀장은 재빨리 살균실로 들어가 감마선에 노출되지 않는 장비를 착용했다. 이윽고 장비를 착용한 그가 첫 번째 외벽을 통해 안으로 진입하고 두 번째 유리문을 넘었다.

연구실 안에는 싸늘한 긴장감이 감돌았다. 장지찬의 목숨이 죽었는지, 살았는지 현재로써 알 방법이 없었기 때문이다. 그사이 장비와 연결되어 있는 무선 통신기에서 팀장의 목소리가 흘러나왔다.

―숨을 쉬고 있어!

그의 음성에 사색이 되었던 연구원들의 표정이 조금은 풀렸다. 하지만 그의 목소리가 들리자마자 갑자기 살균실 안에서는 비상 경보음이 들리기 시작했다. 뭔가 예측 불가능한 균이 새어 나왔을 때 일어나는 경보음이었다. 갑작스런 상황에 장지찬의 상태를 살펴보던 팀장도 긴장감 서린 눈빛으로 밖을 쳐다봤다.

─무슨 일이야!

─모르겠습니다. 우선은 알아보고 있습니다!

팀장의 외침에 연구원 한 명이 대답하자마자, 유리벽 너머 밖으로 보이는 연구원들이 바삐 움직이기 시작했다. 그러나 무슨 일인지 알기 위해 무작정 검증도 되지 않은 균을 묻히고 밖으로 나갈 수는 없었다. 나머지 연구원들이 대체 무엇 때문에 경보음이 울렸는지에 대해 파악할 때까지 안에 있어야 했다.

"끄으으으."

그 때였다. 숨결이 미약하던 장지찬의 입에서 기괴한 울음소리가 흘러나왔다. 그건 고통 섞인 비명이 아닌 웃음소리와 흡사했다.

자신이 잘못 들었나 싶어 고개를 갸웃거린 팀장의 눈앞으로 혈관이 환히 들여다보이는 장지찬의 손이 갑작스레 뻗어졌다.

갑작스러운 상황에 당황한 팀장이 제자리에 주저앉자 누워 있던 장지찬이 느리게 기어와 팀장의 발끝을 향해 재차 손을 뻗었다.

"끄으윽."

그리고 장지찬의 손이 놀란 팀장의 발끝에 닿는 순간, 그의 몸이 기이한 변화를 겪기 시작했다. 당장 튀어나올 것처럼 혈관 안에서 꿈틀거리던 뼈들이 어느 순간, 장지찬의 내부에서 조각조각 어긋나기 시작한 것이다. 그 뼈들은 마치 새로운 결합 체계를 찾듯 그의 몸 안에서 새로운 신체 결합을 시작해 갔다.

—하하하! 됐어. 됐어!

통신기로 희열에 가득 찬 팀장의 목소리가 들려왔다. 그는 장지찬의 변화를 보며 진정 기뻐하고 있었던 것이다. 그가 원했던 일 단계 변화가 눈앞에서 벌어지고 있는 까닭이었다.

약하고 약한 인간의 살갗과 혈관의 재탄생, 그리고 기존의 뼈를 변화시키는 복합 구조의 재배열이 바로 그것이었다.

—팀장님, 방금 전 경보음이 울린 이유를 찾았습니다.

—뭔데!

—장 변호사님의 내부로 흡수된 감마선의 변이 때문인 것 같습니다. 변호사님의 몸에서 새어 나온 변이된 감마

선 때문인 것으로 보여 집니다. 우선은 빠져나오시는 게 좋겠습니다.

—알았어.

팀장이 고개를 끄덕이고 다시 장지찬을 돌아볼 때였다. 어느새 두 다리로 곧게 선 장지찬이 흉측한 모습으로 팀장에 곁으로 다가와 있었다.

—자… 장 이사님!

순간 당황한 팀장을 향해 장지찬은 아무런 대답도 하지 않고 거친 숨결을 내쉬었다.

뿌드득—! 뿌드득—!

전신 내부에서는 진행되는 뼈의 재결합은 아무렇지도 않은 듯 비틀거리며 선 장지찬의 눈빛에는 아무런 감정이 없었다.

늘 그의 눈빛에 담긴 지독히 차가운 이성마저도, 더 이상 남아 있지 않았다. 그저 살가죽이 벗겨진 괴물만이 팀장 앞에 서 있을 뿐이었다.

그리고 뼈가 소름끼치게 갈리고 있는 소리와 함께 우두커니 서 있던 장지찬의 양손이 서서히 살균 보호 장비를 입고 있는 팀장의 목덜미를 쥐어 갔다.

—왜… 왜 이러십니까! 장 변호사님!

"크르르릉."

그러나 장지찬은 이미 이성을 상실한지 오래였다. 어
느새 팀장의 목덜미를 완벽히 쥔 장지찬은 다른 연구원들
이 들어올 새도 없이 팀장을 넘어뜨리고 손으로 그의 보
호 장비를 뜯어 갔다.

―으아아악―!

넘어진 팀장이 발악하려 했지만 장지찬의 무지막지해
진 힘은 일개 평범한 사람인 그의 힘으로는 감당할 수 있
는 게재의 것이 아니었다. 이윽고 장지찬의 더 단단해진
이빨이 보호 장비가 벗겨진 팀장의 목덜미를 물었고 피가
솟구치기 시작했다.

유리벽 너머로 그 상황을 보고 있던 연구원들은 감히
뜯어말릴 생각을 하지 못했다. 몇몇은 다른 곳으로 고개
를 돌리고 토악질을 하고 있었고, 나머지는 그저 살균방
안을 바라보며 할 말을 잃어버렸다.

도저히 들어갈 엄두가 나지 않은 탓이다. 그런 그들을
마치 비웃기라도 하듯, 절명한 팀장의 피를 들이마시고
있던 장지찬의 고개가 유리벽 너머의 연구원들을 향했다.

꿈같았다. 피를 들이마시고 있는 기분이란 단 한 번도 느껴 보지 못한 황홀감이 전신을 덮었고, 팔과 다리 온몸에서 늘 갈망하던 힘이 넘쳐흘렀다.

사람의 한계를 뛰어넘었다는 그 희열감이 정신을 지배했다. 귓가에서는 사람의 목소리는커녕 먹먹한 소리만이 들리고 눈은 어지러웠다. 하지만 그 와중에도 정신은 말짱했다. 아니, 평소보다 더욱 신경이 곤두서고 이성이 차갑게 식었다. 그렇게 장지찬은 다시 침대에서 깨어났다.

"흐음……."

장지찬은 꿈속에서 경험했던 그 색다른 경험을 다시 한 번 머릿속으로 음미하며 빙긋 웃었다. 아직도 비릿한 피가 입안에 감도는 것처럼 생생했다. 그리고 그 비릿한 맛이 온몸의 감각을 평소보다 몇 배 이상은 곤두세웠다.

말로 표현할 수 없는 강렬한 기운이 전신에 감돈다.

"정신이… 이제 드십니까."

그가 깨어나고 얼마 지나지 않아 병실 안으로 들어온 연구원이 마른침을 삼키며 그의 상태를 확인했다. 그러자 장지찬이 대뜸 물었다.

"왜 지부 소속 의사가 오지 않고 당신이 왔습니까? 아니지. 팀장이 와야 하는 것 아닌가요."

살짝 치켜뜬 그의 눈동자에 팀장 대신 그를 찾아온 연구원은 아무런 대답도 못하고 몸을 잘게 떨기만 했다. 도리어 지켜보던 장지찬이 그가 이토록 겁을 집어먹은 것에 대해 궁금할 정도였다.

"기억이… 나지 않으십니까?"

잠시 동안 침묵이 이어진 후 연구원이 가까스로 용기를 내 장지찬에게 더듬거리며 질문을 해왔다. 그러나 장지찬은 대답 대신 고개를 저었다. 지금까지 눈앞에서 투영되었던 것이 전부 꿈이라고 단정 지은 까닭이었다.

"연구 팀장님을… 직접."

차마 먹었다는 뒷말을 붙이지 못한 연구원은 사시나무처럼 덜덜 떨기만 했다. 아직도 장지찬의 앞에 선 연구원을 비롯한, 현장에 있었던 이들은 그 끔찍한 상황을 잊지 못했던 것이다.

차마 입으로 표현할 수도 없는 상황이었다. 장지찬은 마치 식사를 하듯 팀장을 전부 먹어치웠고 그가 팀장의 피와 살을 먹을수록, 반대로 그의 골격은 새롭게 거듭났고 살갗도 돋아나기 시작했다.

연구원들은 그 충격적인 사건을 장지찬의 본능이 일으

킨 사고라고 확인했다. 감마선을 신체에 대입한 부작용 중 하나로 판단한 것이다. 그러나 더욱 불안한 건 피에 대한 장지찬의 갈증이 일시적인 것인지, 지속적인 것인지 판단하지 못했다는 점이었다.

다만 그들이 추측해 낸 가설 중 하나를 예로 들자면 이러한 것이 있었다.

—DNA 주입과 감마선으로 인해 변화된 그의 신체가 이제 피가 부족하게 될 경우, 그의 몸이 자체적으로 이성을 잠식한 본능에 따라 식인 행위를 거듭하게 된다.

물론 가설일 뿐이고 확실한 이론적 뒷받침도 없었지만 연구원들은 모두 그 가설에 어느 정도는 마음이 기울어져 있었다. 그만큼 장지찬의 돌변한 모습은 설명되지 않는 어떤 다른 이유가 있을 것이라 짐작한 까닭이었다. 그리고 그러한 그의 설명을 모두 들은 장지찬 또한 무슨 생각을 하는지 깊은 고민에 빠진 얼굴이었다.

"팀장의 시체는 어떻게 처리했죠?"

"AST에서 자체적으로 해결했습니다."

연구원이 잘게 떨리는 목소리로 대답했다.

"그럼 이제 임시 팀장을 맡게 되신 모양이로군요."

"예. 우선은 자체적으로 선출을 했습니다만, 장 변호사님의 결제가 떨어져야……."

"내일 중으로 결재서류 가지고 오세요. 연구 팀장으로 승격해 드릴 테니."

"예? 예예."

갑작스런 승진 인사 결정에 임시 팀장을 맡았던 연구원은 어리둥절한 얼굴로 고개를 수그렸다.

"단."

그러나 장지찬의 말은 아직 끝나지 않고 있었다. 그는 녹색으로 변한 눈동자를 빛내며 연구원을 향해 뒷말을 덧붙였다.

"현장에 있었던 인원들, 입단속 시키시고요."

"물론입니다."

"그만 나가 보세요."

"예. 저… 한데 몸은 어떠십니까."

"이미 병실에 들여놓기 전 검사하지 않았나요."

"예. 감마선에 오래 노출되어 계셨고 어느 정도 안정을 취한 뒤에 혈액 검사를 좀 하고 싶습니다."

연구원도 팀장의 죽음과는 관계없이 연구 결과에 대해

매우 궁금한 듯 보였다. 그 모습에 잠시 연구원을 빤히 바라보던 장지찬은 대답대신 문을 손가락으로 가리켰다.

"나가주겠어요. 검사는 이후에 받도록 하죠."

"아… 예. 그러시다면야."

졸지에 팀장으로 승진하게 된 연구원은 여전히 몸을 잘게 떨며 빠르게 병실 밖을 빠져나갔다. 그렇게 연구원이 사라지자마자 장지찬의 눈빛이 돌변했다. 그는 마른 체형이었던 자신의 몸을 떠올리며 환자복 속 지금의 몸을 확인했다.

"호오."

놀라웠다. 견고한 갑옷과 같은 몸이 된 까닭이다. 넘치는 힘이 차가운 이성을 계속해서 잠식하려 들었다.

하지만 그는 억지로 본능에 이끌리는 감정을 억누르며 팔과 다리에 넘치는 힘을 느끼기 위해 침대 밖으로 발을 디뎠다. 그리고 한 발을 내딛고 다음 발자국으로 내딛으려는 순간 그의 몸이 천장까지 뛰어올랐다. 다시 바닥에 사뿐히 내려앉은 그는 싸늘한 미소를 보이며 다시 한 번 천장을 보고 땅을 박찼다.

쐐액—!

그리고 나선 눈앞에 보이는 천장을 향해 있는 힘껏 주

먹을 뻗었다. 그러자 놀라운 일이 벌어졌다. 그가 입고 있는 병원복의 어깨 부위가 찢어지며 강맹한 파공음이 그의 주먹에서 흘러나왔다.

펑—!

그의 주먹은 마치 다이아몬드라도 된 것마냥, 순식간에 콘크리트로 만든 천장을 뚫어 버렸다.

쿵—!

잇달아 다시 바닥에 착시한 장지찬은 자신의 주먹으로 뚫린 천장을 보며 크게 웃었다. 다시 흥분이 되기 시작했다. 늘 갈구하던 한계점을 넘은 기분은 말로 표현할 수가 없는 일이었기 때문이다.

그 와중에 식인이 되었든, 되었지 않았든 그것은 결코 그에게 중요하지 않았다. 이제 이 힘은 그에게 아주 중요한 무기가 될 것이고, 이 비밀을 아는 자들은 반드시 자신의 비밀을 죽음으로써 지켜 줘야 했다.

"퇴원해도 되겠어."

입가에 미소를 띤 장지찬의 눈빛에 다시 녹색으로 물들었다.

❦　❦　❦

이건호는 오랜만에 회사에 나가지 않고 따로 개인 약속을 잡았다. 한 달여를 지속한 내연녀와의 관계 때문이었다. 한 사업장이 투자해 달라는 명목으로 데리고 온 스물 중반의 어린 여자에게 푹 빠진 것이다.

"뭐야? 나오지 말랬잖나?"

잔뜩 멋을 부리고 집 밖을 나선 그는 오랫동안 기다린 듯 보이는 운전기사를 보고는 인상을 썼다. 그는 개인사 스케줄로 활동할 때는 기사를 부르지 않았었기 때문이다. 그러자 기사는 잠시 주머니를 꺼내 스케줄 표를 확인하고는 아차 했다는 얼굴로 고개를 숙였다.

"죄송합니다. 이사님, 제가 스케줄을 잘못 확인했나 봅니다. 저번 달 스케줄 표를 가지고 와 버렸습니다."

"일 똑바로 해. 알았나?"

"예. 죄송합니다."

거듭 고개를 숙이는 운전기사를 아니꼽다는 듯 힐끗 쳐다본 이건호는 이왕 이렇게 된 것, 운전기사가 차고에서 끌고 온 차의 키를 달라며 손을 뻗었다.

"키나 줘. 내가 운전하고 갈 테니."

"시동은 걸어 두었습니다."

마지막부활

"자넨 그만 가 봐."

"예."

운전기사가 이윽고 시야 밖, 골목 아래로 사라지자 이건호는 잠시 주위를 두리번거리고 차에 올라탔다. 차에 올라탄 그가 먼저 안전벨트를 단단히 묶고 자신의 시선이 향할 위치에 룸미러를 움직이던 순간, 룸미러로 검은 정장을 입은 사람이 시야에 들어왔다. 동시에 정장을 입은 남자의 입이 열렸다.

"소리 지르지 말고 움직여."

어느새 허리에 닿아 있는 군용 대검을 본 이건호는 마른침을 꿀꺽 삼켰다.

"도… 도대체 내게 원하는 게 뭔가."

그는 애써 침착한 태도를 유지하려 하며 뒷좌석에 앉은 남자, 유한에게 물었다. 그러자 유한은 대답 대신 고개만 옆으로 까딱이며 대답했다.

"운전해."

그의 말에 어쩔 수 없이 고개를 끄덕인 이건호가 차를 몰고 사라져 갔다.

여전히 대검을 손에 쥔 채 있던 유한은 도로로 빠져나

간 차량 안에서 어젯밤 일을 떠올렸다.

도심의 지하도로 밑, 유한은 차를 은밀한 곳에 세우고 비상등을 켰다. 그러자 반대편에서 이미 대기하고 있던 검은 차한 대에서 누군가 내려 유한이 타고 있는 차, 조수석으로 들어섰다.

"다시 뵙습니다. 총회주."

"네. 고생 많으셨습니다. 부탁드린 일은 어떻게 진행됐죠."

듣고 있던 유한이 물었다.

"여기 있습니다."

이건호의 운전기사는 미리 준비한 사진과 스케줄 표를 그에게 건넸다. 그것을 받아든 유한의 눈이 빛났다.

"내연녀군요."

"예. 그리고 함께 건네 드리는 봉투 안에는 그간 회장이 이동한 행적들과 행동 습관들이 적힌 수첩이 들어 있습니다. 도움이 되실 겁니다."

"알겠습니다. 수고하셨어요. 참, 신변에 복잡한 일은 생기지 않게끔 할 테니 걱정 안 하셔도 됩니다."

"그런 것을 걱정했다면 이런 일을 하지도 않았습니다. 부디 이건호의 배후에 있는 사람들을 응징해 주셔야 합니다. 저

같은 사람이 나오지 않도록."

나지막이 힘을 주어 말하는 기사의 눈빛에는 깊은 슬픔이 담겨 있었다. 그 기사의 눈빛을 마주한 유한은 그의 눈이 말하는 것이 무엇인지, 그리고 어떤 마음에서 우러나와 하는 것인지 충분히 공감했다. 그러나 그렇기에 더욱 기사가 안쓰러웠다. 그가 지닌 과거에 대해 알고 있는 까닭이다.

"형님 분의 자살이 이건호와 연관이 있어서 그림자로서 활동하시게 되었다는 것은 알고 있습니다만, 그 와중에 자신의 삶을 유지하셔야 합니다. 복수에 모든 것을 내건다는 건, 형님 분께서도 원치 않을 겁니다. 우리가 이러한 일을 하는 것이, 더는 우리 같은 사람들이 나오지 않게 만드는 것이 궁극적인 목표지만 그 목표를 이루기 위해서 인생 전부를 내던지실 필요는 없다는 얘기입니다. 하실 수 있는 만큼만, 딱 그만큼 하셔도 됩니다. 누구도 탓할 사람은 없으니까요."

"…마음에만 담아 두겠습니다."

아직 기사는 유한의 말에 공감하지 못하는 듯했다. 유한도 굳이 그를 설득시킬 생각은 없었다. 그저 그가 복수심에 인생을 망가뜨리는 결과를 만들어 내지 않기를 바랄 뿐이었다.

자신처럼.

아주 잠깐 몇 초 사이 상념에 빠졌던 유한은 입술을 앙 다물었다. 아직도 이러한 사람들은 산재해 있고 AST와 그들의 추종자들은 각자의 기득권을 위해 그런 그들을 제거해 간다.

'끝낼 수 있을까?'

문득 장지찬을 몰아낸다고 이 모든 악화된 순환 고리가 끊어질까라는 생각이 든다. 하지만 유한은 그런 생각을 금세 지워 버렸다. 늘 자신이 했던 말처럼 할 수 있는 것들을 하면 된다는 판단 때문이다.

'할 수 있는 만큼만. 난 그 이상을 바라지 않는다.'

그렇게 유한이 쥐고 있는 군용 대검에 힘을 더욱 준 사이, 말없이 운전을 하던 이건호가 갑자기 급브레이크를 밟았다.

끼익—!

갑작스런 상황에 유한의 몸이 앞으로 기울어지려 했다.

'됐다!'

이건호는 그 찰나의 틈을 노리고 급히 안전벨트를 풀고 밖을 빠져나가려 했다. 하지만 살짝 앞으로 기울어지려 했던 유한은 놀랍게도 빠르게 가랑이를 벌려 중심을 잡고 상체에 힘을 주어 제자리를 지켰다. 그러자 떨리는 손으로 안전벨트를 풀려 했던 이건호의 시선이 자신을 응시하고 있는 유한과 마주쳤다.

"그… 그게 갑자기 앞차가 끼어드는 바람에."

그는 도망갈 수 없다고 판단되자 괜한 변명을 둘러대며 유한의 눈치를 봤다. 그러나 유한은 대답 대신 재빨리 손을 들어 그의 목덜미를 내리쳐 그를 기절시켰다. 그의 집 앞을 빠져나왔으니 이제부터는 자신이 운전할 요량이었던 것이다.

"시작해 볼까."

잠든 것처럼 쓰러진 이건호를 바라보는 유한의 눈빛이 깊게 가라앉았다.

얼마 후 CCTV가 없는 지하도로 밑으로 차를 대놓은 유한은 미리 기다리고 있던 오유태를 만났다. 오유태는 캠핑용 차를 끌고 나왔는데, 안에 들어가자 온갖 기계 장비로 가득했다.

"미리 준비해 뒀어. 얼굴에 착용하고 이 액체를 바르면 돼. 로션같이 느껴질 거야."

"부착 혼합물인 거야?"

"응."

고개를 끄덕인 유태를 보며 유한은 이건호와 함께 있으면서 녹음한 녹음기를 그에게 건네줬다.

"녹음을 해뒀어. 정말 네가 만든 목소리 보조기가 이 녹음된 목소리의 톤을 그대로 변화시켜 줄 수 있다는 거야?"

"그래. 아주 흡사할 거야. 차이도 느끼지 못할 만큼."

유태는 그에게 받은 녹음기를 들고 보조기를 완성하기 위해, 캠핑카 안으로 들어가려다 말고 뭔가 생각이 났다는 얼굴로 다시 고개를 돌렸다.

"아, 참고로 부착혼합물을 바르면 이건호의 얼굴을 만든 가죽이 좀 더 견고해지는 걸 느낄 거야. 다만 주의할 점이 있어."

"주의할 점?"

"그래. 절대로 뜨거운 것 근처에 가면 안 돼. 특히나 가스레인지 같은 것 말이야. 햇빛에는 어느 정도 버티긴 할 테지만 오래는 못가. 선크림처럼 녹아내릴 거야. 그냥 회사 안에서만 활동하는 걸 추천해 주고 싶다만."

오유태의 이어지는 말에 유한이 고개를 저었다.

"문수에게 준비해 놓은 자금으로 그림자와 함께 매수 시작하라고 해. 돌아가면 곧바로 가지고 있는 주식을 처분하기 시작할 거야."

"그쪽 법무 팀이 가만히 있을까? 갑자기 주식을 처분하는 걸 보면 다른 주주들까지 놀라서 뛰어올 거야. 더욱이 AST도 가만히 있진 않을 거고. 넌… 그놈들 중심부에 앉아서 죽이러 오는 걸 기다리는 셈이라고."

"상관없어. 도리어 지금 상황에서는 은밀히 움직이는 것보다 이편이 훨씬 나아. F건설에 대한 그들의 시야를 돌려야 하니까. T케미칼에 자금이 갑자기 뚫리면 F건설의 서용식도 당황하게 된다. 더욱이… 얼마 전 금괴 사건으로 인해 그들의 원천 자금이었던 금괴 밀수입이 봉쇄됐어. 현재로써는 이것이 최고의 기회야."

"솜씨 좋은 저격수를 쓸 수도 있어."

"몰라?"

"뭐?"

"내가 총알보다 더 빨라."

유한이 피식 웃으며 대답하자 오유태는 그의 너스레에 결국 설득 당하고는, 다시 캠핑카 안으로 들어갔다. 그렇게 들어가는 유태의 뒷모습을 바라보던 유한은 타고 온 차에 기대어 온몸이 묶여 있는 이건호를 힐끗 바라봤다.

다시 돌아와 현재 돌아가는 상황 보고를 받은 장지찬의 눈썹이 꿈틀거렸다.

"이건호가 수작을 부리고 있는 것 같소. 그가 가지고 있는 주식이 갑자기 몰려든 개미들에게 매수되기 시작했고, 주주들과 법무 팀이 현재 그를 찾아간 것으로 보이오. 아무래도 뭔가 사단이 벌어질 것 같은 예감이 드는데."

아직도 정정해 보이는 유호진은 턱을 뒤덮은 하얀 수염을 쓰다듬으며 장지찬의 대답을 기다렸다. 하지만 장지찬은 그저 앉아 있는 의자에 등을 기댄 채로 침묵할 뿐, 아무런 대답도 하지 않았다. 그러다 얼마쯤 지났을까? 갑자기 장지찬이 피식 웃으며 물었다.

"너무 갑작스럽지 않습니까?"

"무엇이?"

"일련의 상황들이 말입니다. 이거 아무래도 비맥회의 개입이 있는 것 같습니다. 아니면 그놈이겠죠. 결국 비맥회와 그놈이 연관이 있을 테니 말입니다."

"무얼 보고 그렇게 생각하는 건가?"

마지막부활

"이건호 이사는 주기적으로 만나는 내연녀가 있습니다. 그 내연녀를 감시하는 직원에게 연락이 왔는데, 늘 주기적으로 만나는 날에 그가 나오지 않았다 하더군요. 그리고 그 다음 날 이건호가 주식을 처분하기 시작합니다. 피와 땀으로 이루어진 자신의 주식을 말이죠. 그의 평소 성격으로 보아 그것이 가능한 일이겠습니까?"

"수상한 일이긴 하는군. 하지만 그것이 꼭 언론에서 떠들어대는 그 정체불명의 놈이라는 법은 없잖은가."

"밀거래가 현재 전면 중단됐습니다. 그래서 자금 사정이 여의치 않아요. 그놈은 이러한 타이밍이야말로 AST를 옥죄어 놓을 기회라고 생각했을 겁니다. 제법 정밀한 방법인 셈이죠. 이번 일도 그놈이 확실합니다. 배후에는 비맥회가 있을 테고요."

"흠. 그럼 어떻게 할 것이요?"

"그놈을 직접 찾아갈 생각입니다."

"찾아가? 어떻게 말이요?"

"방법이야 어쨌건 지금 그놈은 이건호 이사를 마음껏 뒤에서 움직이고 있습니다. 그럼, 그놈을 만나러 갈 방법은 하나밖에 없지 않겠습니까?"

엷게 미소를 띤 장지찬의 대답에 유호진은 이해했다는

양 고개를 끄덕였다. 지금 장지찬은 직접 이건호에게 찾아가 이번 일을 해결할 참이었던 것이다.

"아직 하루밖에 안 지났으니, 가지고 있는 주식을 전부 처분하진 못했겠죠. 지금 가야겠군요."

장지찬은 별것 아니라는 투로 입을 떼고는 자리에서 일어나 앉은 채로 자신을 올려다보는 유호진을 향해 말했다.

"염려 말고 가 보세요. 이 일은 제가 처리하지요."

"알겠소."

유호진은 장지찬의 말을 믿고 곧 그의 집무실을 빠져나갔다. 그 뒷모습을 잠시 바라보던 장지찬은 이내 얼굴에서 웃음을 지우고 고개를 갸웃거렸다.

늘 생각해 왔지만 '그'와 비맥회 사이의 연결 고리가 여전히 머릿속에서 잡히지 않았던 것이다. 다만 마음에 걸리는 것이 하나 있긴 했다. 바로 병원 폭파 당시 '그'와 윤성희 사이에 어떤 커넥션이 있다는 사실이었다.

'대체 어떻게 된 것일까.'

윤성희의 행보는 자신이 제일 잘 알았다. 자신 말고 다른 커넥션을 만들 기회가 전혀 없었기 때문이다. 그렇다면 답은 하나, 윤성희가 '그'를 전부터 알고 있었다는 이

야기다. 그러나 그가 알기로 윤성희는 오랫동안 강태식의
아들 강준원 곁에 머물렀었다. 오직 그뿐이다.

'설마.'

암으로 죽기 직전 강준원은 비맥회에 의해 사라졌었다.
하지만 비맥회가 데려간다고 해서 암을 치료할 수 있었을
까? 아니다. 분명히 비약이다. 하지만 장지찬의 직감은
계속해서 강준원을 향했다.

'그'가 쓰러진 윤성희를 바라보며 악을 지를 때의 그
눈빛, 그 눈빛은 분명 깊은 감정을 담고 있어야 가능한
일이었다.

'놈일 것이다. 분명.'

어떻게 돌아왔는지는 모른다. 다만 직감과 몇 가지 정
황이 강준원과 가장 밀접하게 닿아 있었다. 아무래도 강
준원과 닿아 있는 것처럼 보이는, 이건호와 만나는 것은
필히 되어야 할일인 듯했다.

─차, 대기시키세요.

비서실과 연결되어 있는 인터폰을 누른 장지찬이 입꼬
리를 말아 올린 채, 입을 열었다.

❦　　❦　　❦

이건호로 변장한 유한은 그간 그의 스케줄 표대로 굳이 움직이지 않았다. 다만 사무실에 앉아 몰려오는 법무팀과 주주 이사들을 맞이할 뿐이었다. 그리고 대개 그들은 처음에는 대체 왜 그러냐는 듯 의문스럽게 물어오다 나중에는 소리를 지르며 발악을 하다 사라져 갔다. 그리고 오늘 사무실에 앉아 있던 유한에게 드디어 장지찬이 찾아왔다.

고대하던 만남이다.

장지찬도 흥미로운 눈빛으로 비서의 안내를 받아 방에 들어섰다. 그가 안에 들어선 사무실은 조용했다.

방의 주인인 유한도 의자를 창가 쪽으로 돌린 채 침묵을 지키고 있었다. 마치 장지찬은 안중에도 없다는 태도였다. 그러자 잠시 분위기를 살피던 장지찬이 소파에 앉고는 느긋하게 등을 소파에 기대면서 침묵을 깼다.

"오랜만입니다. 이리와 앉으시죠."

"…협박하는 거요?"

유한은 여전히 앉아 있는 의자를 장지찬에게 돌리지 않고 대답했다. 기다렸다는 듯 응수하는 유한의 태도에 장지찬의 눈빛이 더욱 묘해졌다.

마지막부활

평소 자금줄을 쥐고 있는 장지찬에게 그는 이렇게 강경하게 나온 적이 없었기 때문이다. 달라져도 한참 달라졌다. 이윽고 눈을 가늘게 뜬 장지찬이 다시금 입을 열었다.

"협박이라니요. 단지, 몇 가지 여쭤 보고 싶은 것 있는데 대답해 주시겠습니까."

"대답이라… 좋소."

유한은 못이기는 척 자리에서 일어나 뒷짐을 지고 소파 상석에 거드름을 피며 앉았다. 그 모습에 장지찬은 눈살 한 번 찌푸리지 않다가 피식 웃으며 말했다.

"강준원."

돌연 나온 그의 한마디에 순식간에 분위기가 싸늘하게 가라앉았다. 유한은 대답 대신 가까이에 있는 인터폰을 눌러 말했다.

―커피 좀 타오게.

―네.

이내, 정적이 감돌았다. 장지찬은 유한의 대답을 기다렸고 유한도 쉽게 이야기를 꺼내지는 않았다.

"대체 누구요? 그게?"

"이미 알고 계시지 않습니까. 주식을 갑자기 처분한

데에는 그자의 입김이 들어간 것 아닙니까?"

장지찬의 말에 유한은 그가 이젠 자신의 정체를 확신하고 있다는 생각을 했다. 하지만 그는 한 가지를 파악하지 못했다. 이 자리에는 이건호가 없다는 사실을.

그리고 이 순간 유한은 직감했다.

그들의 시선이 F건설이 아닌, T케미칼에 집중될 수 있게 만들 만한 상황을 만들 절호의 기회라는 것을.

"장지찬."

갑자기 존대가 아닌 반말을 하는 그의 태도에 장지찬의 눈썹이 꿈틀거렸다. 동시에 유한이 막 사무실로 들어선 비서를 다시 나가라며 손사래를 치고는 말했다.

"강준원에 대해서는 어떻게 안 거지?"

"직감이었습니다. 틀리지 않았나 보군요."

장지찬은 태연하게 맞받아쳤다. 그는 끊임없이 유한의 행동을 살피는 것 같았다. 그 모습에 피식 웃은 유한이 다리를 꼬며 말을 이었다.

"장지찬, 너의 생각대로 난 강준원과 연관이 있다. 하지만 강준원의 흔적을 찾기는 쉽지 않을 거야. 찾을 수 있다면, 그 때야말로 인정해 주지."

계속되는 도발에 장지찬의 눈이 녹색으로 물들어 갔다.

그가 시술을 받은 이후, 달라진 변화 중 하나가 이성의 상실이었다. 조금이라도 자극이 되면 화를 참지 못한다.

이성을 상실하고 폭력성이 극대화가 되는 것이다. 지금과 같은 일도 비슷한 맥락이었다. 그는 서서히 달아오르는 몸의 열기를 느끼고는 그것을 억누르듯, 입술을 질끈 깨물었다. 그러는 와중에도 이성과 본능이 충돌한 그는 작은 경련을 일으키고 있었다. 그 모습을 바라보던 유한의 눈이 가늘어졌다.

'뭔가 문제가 있는 건가.'

갑자기 발작적인 경련을 일으키며 몸을 주기적으로 떠는 장지찬을 보며 유한은 그의 상태에 이상이 있음을 짐작했다.

"오늘은 보는 눈이 많으니 다음에 찾아오도록 하죠."

그는 경련을 일으키면서도, 애써 흥분 욕구를 억누르며 자리를 급히 빠져나갔다. 이대로 이 안에 있다가는 공개적인 살인을 벌일 것 같다는 직감 때문이었다.

그리고 유한도 사라지는 그의 뒷모습을 바라보며 이제부터 긴 싸움이 될 것임을 느꼈다. 장지찬은 이건호가 자신과 관련이 있음을 확신하고 어떻게든 제거할 것이 분명했기 때문이다.

'기다리지. 장지찬.'

그렇게 장지찬과의 공개적 첫 대면이 끝났다.

한편.

안전가옥으로 돌아온 장지찬은 늘 해왔던 명상을 시작
했다. 흥분기가 여전히 피를 타고 감돌았다.

'후우. 후우.'

끊임없이 심호흡을 거듭했다. 마음이 차분해질 때까지.

그리고 얼마쯤 지났을까?

그의 빠르게 이어지던 호흡이 다시금 느긋해지며 정상
으로 돌아왔다. 그러자 때마침 장지찬이 미리 호출한 1팀
장이 그를 찾아왔다. 병원 폭파 사건 당시, 1팀장과 2팀
장이 모두 사망하였기에 새롭게 승진을 한 인물이었다.

"부르셨습니까."

"그래요."

이윽고 눈을 뜬 장지찬이 자리에서 일어나며 그를 돌
아봤다.

"오늘… 이건호를 제거합니다. 설계하세요."

이건호를 쉽게 죽일 수는 없다. 그가 갑자기 암살되면,
그렇지 않아도 민감해진 매스컴에서 여러 가지 설들이 나

돌아 다니며 복잡해질 것이 뻔했다. 차라리 그편보다는 매스컴에서도 쉽게 다룰 만한 이야기를 새롭게 만들어, 암살에 결부시키는 편이 나았다.

"예. 준비해서 보고 올리겠습니다."

"그래요."

이내, 1팀장이 대답과 함께 방 밖으로 빠져나가자 명상을 마친 장지찬은 자리에서 일어나 전신 거울에 비춰지는 지신의 모습을 응시했다.

"제어가… 쉽지 않구나. 제법."

마치 자신의 내면 안에 있는 자아를 향해 말하듯 중얼거린 그의 눈은 어느새 녹색으로 물들어져 있었다.

5장
노림수

장지찬이 유한을 제거할 결정을 내린 사이, 서백정은 최근 장지찬으로부터 연락을 받고 발 빠르게 움직이기 시작하는 서용식의 상황을 지켜보고 있었다.

　자세한 사항은 서용식에게 듣지 못했지만 대략 떠도는 소문을 추론하며 연계되어 있는 T케미칼 쪽에 문제가 생긴 듯했다. 더욱이 금괴 밀수가 막힌 상황이 아닌가? 분명히 자금줄에 문제가 생기기 시작한 것이다. 이렇게 되면 상황은 더욱 앞일을 모르게 된다.

　서용식은 현재 F건설의 자산이 얼마나 되는지 확인하는 보고서를 올리라고 닦달할 것이고 직접 자산 보유 목록을 확인할 것이 분명했다. 하지만 그는 결코 자신이 올린 자산 보고서에서 이상한 점을 찾지 못할 것이었다.

다름 아닌 그가 현재 준공 중인 건설 사업에 들어가야 할 자금을 대거 횡령하고 있었기 때문이다. 그 일에는 3개월에 한 번씩 하청업체에 감리표를 작성하는 행정부에서 나온 공무원들이 협력해 주고 있었다.

그들은 정확히 무슨 일인지는 모르고 있었지만 서백정이 적당히 찔러 준 뇌물을 받은 후, 서용식이 보낸 사람이 오면 일이 정상적으로 진행되고 있다고만 말하는 역할을 해주었다.

상황이 그렇게 되니 현재는 하청업체도 공사를 중단한 상태였다. 서백정은 서용식이 늘, 감리표를 비롯, 직접 만든 서류와 서백정 자신이 올린 서류를 비교 검토하는 것밖에 하지 않는 것을 노린 것이다. 물론 이 일을 벌이는 데에는 그가 현장을 절대 나오지 않는다는 것도 이유가 됐다.

그렇게 비자금을 끌어 모은 서백정은 곧바로 나온 자금을 나누어서 준호가 말하는 페이퍼 컴퍼니로 넘기기 시작했다. 밑 빠진 독에 제대로 물을 부어 가기 시작한 셈이다. 그리고 때에 맞춰 준호와 드림팀은 서백정에게 갑자기 끼어든 대기업의 존재를 알렸다.

온갖 차트가 그려져 있는 주가 그래프를 보여 주면서 CH투자자문회사가 끼어들었다고 조작한 것이다. 서백정으로서는 그 말을 믿을 수밖에 없었다. 그것의 사실 진위 여부를 파악하기에는 그가 AST에 가진 부담감과 두려움이 컸던 까닭이다.

사실을 파악하고자 AST에 대해 캐고 다닐 수는 없었다. 그렇기에 그기 기댈 수 있는 정보통은 결국 순호밖에 없었던 것이다.

"아무래도 정보가 샌 모양입니다. 그 사람들이 어떻게 알고 접근한 건지 모르겠습니다."

얼마 뒤 서백정과 따로 만나게 된 준호는 할 말이 없다는 양 고개를 떨어트리고 아쉬워하는 모습을 보였다. 서백정도 쉴 새 없이 그가 늘어놓은 차트를 보며 손을 부들부들 떨고 있었다.

"CH투자자문회사에 대해 알고 계신 것이 있습니까?"

준호는 CH투자자문회사가 AST 것이라는 건 까맣게 모르고 있다는 것처럼 시늉을 했다. 아니, 애초에 적대적으로 합병을 하려고 나선 자들에 대해서는 무지하다는 것을 보여 주기 위한 행동이었다. 이러한 행동에는 서백정에게 더욱 신뢰를 주기 위한 포석도 깔려 있었다.

그러자 몸을 잘게 떤 서백정이 입술을 질근질근 깨물기 시작했다.

그는 CH투자자문회사가 AST 소속의 것이라는 점에 불안해하고 있었던 것이다. 아니, AST가 자신의 일에 끼어들었다는 점 자체에 불안감을 느끼고 있는 듯 보였다.

그러나 포기를 하기엔 들어간 자금이 너무 많았다.

더욱이 합법적으로 AST와 협의가 끝낸 자금도 아니었고, 서용식 몰래 자금을 끌어다 쓴 것이기에 사실이 밝혀지면 회사에 가진 지분은커녕, 어떤 것도 남아나지 않을 것이 뻔했다.

"대체 왜 그러십니까."

한참 동안 그의 대답을 기다리던 준호가 그의 눈치를 살피며 먼저 물어봤다. 그러나 서백정은 손톱을 이빨로 잘근잘근 씹을 뿐, 어떠한 대답도 하지 않았다. 그저 눈을 뒤룩거릴 뿐이었다.

"말씀을 해주셔야 대처를 하지 않겠습니까. 저희 쪽도 갑자기 적대적 M&A를 해오는 투자자문회사 덕분에 미칠 지경입니다. 저희는 서 이사님과 합병을 해야 좀 더

많은 득을 얻을 수 있을 거라고 생각······."

"그만! 그만해 둬요. 내가 다 생각이 있으니."

생각이 있다면서 말을 끊은 서백정의 눈이 계속 뒤룩거렸다. 이 일을 어떻게든 빠져나갈 속셈이다.

'쉽게 빠져나가게 할 수는 없지.'

덫에 걸렸지만 여전히 안심하고 넋을 놓을 수는 없었다. 준호는 더욱 그를 채근하며 말했다.

"같이 의논하시는 게 좋을 것 같습니다. 이사님도, 이사님 나름이시지만 저희도 이사님과 같은 배를 탄 사람들 아닙니까."

이어지는 준호의 완곡한 말에 서백정이 처음으로 그를 똑바로 쳐다봤다.

"좋아요. 그럼 이렇게 합시다. 내 남은 자금이 20억 정도가 있으니, CH투자자문회사에서 쏟아붓는 돈은 막을 수 있을 거요."

그는 T케미칼의 혼란과 밀수되지 못한 금괴로 인해 AST가 자금 사정을 겪고 있다는 것을 확신했다. 그렇기에 마지막 힘을 짜내어 합병 인수를 해 보려 하는 셈이다. 그의 말에 준호가 밝게 웃으며 말했다.

"아직 자금이 남아 있으시다니 다행입니다. 그럼 그렇

게 알고 저는 상부에 보고하겠습니다."

"좋습니다."

의외로 단호한 결정을 내린 서백정의 손을 준호는 기다렸다는 듯 붙잡았다. 이미 서백정은 자신도 모르는 늪에 빠지고 있는 셈이었다.

❦　❦　❦

준호를 비롯한 드림팀은 곧장 유한과 연락을 했다.

—이제 남은 자금마저도 페이퍼 컴퍼니에 들어갈 거야. 이후에 서백정은 자금 사정이 마를 거고, 더욱이 F건설도 1차 부도를 맞을 거야. 더욱이 현재 AST 쪽의 자금은 동결되기 시작했으니까.

고태윤이 총체적으로 정리를 해 보고하자 유한은 회심의 미소를 지었다. 다행스럽게도 모든 일이 순조롭게 진행되고 있었던 것이다.

—이제 F건설이 1차 부도를 맞는 날만 기다리면 되겠어.

—그래. 이쯤하면 된 것 같으니, 그만 빠져나오지 그래. 이건호의 주식도 적당히 처분했잖아? 아마 장지찬이

나머지 주식을 지키기 위해서라도, 이건호로 변장한 너를 죽이려 들 거야. 가만히 있을 놈이 아니다. 무슨 일을 벌여도, 벌일 놈이라는 건 네가 더 잘 알지 않냐. 원사님도 걱정하신다.

─어차피 원하던 일이었어. 다행히 AST의 자금줄을 충분히 흔들었고 그들의 시선이 나에게 모아졌으니, 이젠 그 답례를 해줄 차례인 셈이지.

─정말 아무 방법도 없이 넋 놓고 기다릴 참인 거야?

─버텨 볼게. 아무튼 F건설에 관한 일이나 완벽히 처리해 줘. F건설이 부도를 맞으면 T케미칼도 함께 손실을 볼 거야. 두 회사의 연결 고리가 꽤나 되니 말이야.

─알았다.

─그리고… 서백정이 자금을 모두 쏟아붓고 잠적 시기가 오면, 준호와 문수에게 한 가지 말해 줄 게 있어.

─뭔데.

─문수가 나와 일전에 알아본 정총만의 비자금 조성에 관한 커넥션을 확실히 찾았다면, 그 사실을 F건설 부도와 함께 터트리라고 전해. 지금 같은 상황이면, AST에게 자금 보조를 받지 못하는 정총만으로서는 최악의 패를 맞이하는 결과가 될 거야. 그들이 잠적하고 해외로 도피

하는 건, 최봉팔에게 맡겨 두라고도 전해 줘. 어떤 방식으로든, 이 일은 최봉팔이 해내는 게 옳아. 어찌 됐든 계속 법의 테두리 안에서 정의를 실현하는 건 최 형사이니까.

—알았다. 최 형사에게 알릴 방법은 우리가 모색해 볼게. 너는 네 몸이나 걱정해.

—오늘이 될 거야.

유한은 이미 예감하고 있었다.

—뭐?

갑작스러운 유한의 말에 당황한 건 도리어 고태윤이었다. 고태윤은 낮게 깔린 유한의 음성에 자신도 모르게 마른침을 삼켰다.

긴장으로 인해, 휴대폰을 들고 있는 손에 진땀이 맺혔다.

—너 그게 무슨 말이야?

고태윤은 잘못 들었나 싶어, 다시 한 번 유한에게 물었다. 그러나 이번에도 유한의 대답은 같았다.

—오늘이 될 거라고. 장지찬은 오늘 나를 칠거야.

—왜 그렇게 생각하는데?

—장지찬이 낮에 다녀갔어. 무슨 이유 때문인지는 모

르겠는데 불안해 보이고 초조해 보이더군. 하지만 아주 가까이서 충분히 느낄 수 있었어. 그놈은⋯ 오늘 올 거야. 더욱이 내가 이건호의 주식을 처분하면 처분할수록 불리해지는 건 그놈이 될 테니까. 어떻게든 나를 처리하고 T케미칼의 경영을 원래의 것으로 되돌리려 할 테지. 이런 상황에서 더 지체할 놈도 아니고.

—도우러 가마.

고태윤은 더 이상 가만히 있을 수가 없었다. 상황이 어쨌건 간에 또다시 유한을 위기에 넣은 채 방관할 수만은 없었다. 물론 유한이 T케미칼에 홀로 향한다고 했을 때부터 이런 일을 예견하고는 있었지만 막상 현실에 부딪치니 이성보다는 감정이 더욱 동요되었다.

유한도 그러한 그의 마음을 모르는 건 아니었지만 그래도 그를 불러들일 생각은 전혀 없었다. 이윽고 유한이 무거운 음성으로 입을 열었다.

—각자 맡은 제자리에서 최선을 다하면 돼. 형은 형의 몫을 해줘야 해. 그러니 이곳으로 오지 마. 난 내가 해야 할 일이 있는 거야.

—너⋯ 정말 이렇게까지 해야 되는 거냐.

—알잖아.

한마디였다. 더 이상 어떤 명분도, 변명도 구질구질하게 하고 싶지 않았다. 이 일은 자신이 해야 했고 끝을 봐야만 했다. 이미 결정은 내려진 것이다. 더 이상 왈가왈부하며 드림팀원들의 마음을 혼란스럽게 만들고 싶지 않았다.

―따라 줘. 부탁이야.

―언제까지 너를 사지로 몰아넣는 일만 해야 되는 건지 모르겠다. 네 곁에 남아 있는 우리들도 생각을 해줘. 이건 내 부탁이기도 하지만 모두가 바라는 부탁이기도 해.

―마지막이야. 이번이 정말.

―약속해. 인마. 내가 널 믿을 수가 있어야지.

―약속할게.

유한은 마지막 대답을 작은 웃음소리와 함께 끝내고는 그것으로 통화를 마쳤다. 그리고는 휴대폰을 분리해 안에 들어 있던 칩을 꺼내 바닥에 떨어트린 후 발로 밟았다. 혹여나, 정말 혹여나 장지찬에게 무너진다면 그가 이 휴대폰을 통해 나머지 드림팀원을 찾을 수 없게끔 하기 위한 조치였다.

이윽고 모든 준비를 마친 유한이 사무실 테라스로 보

이는 밤 풍경을 우두커니 선 채로 응시했다. 밤이 깔린 도시는 고요했다. 수많은 암투가 벌어지고 다양한 사람들이 공존하고 타협하며 갈등까지 벌이는 도시와는 달리, 겉으로 보이는 도시는 모순적일 만큼 정적으로 가득했다. 그러한 도시의 모습을 바라보는 유한의 마음도 덩달아 가라앉아 갔다.

'…너도 똑같이 이 도시를 바라봤던 거겠지. 그런 거지.'

유한은 먼저 죽은 윤성희의 얼굴을 떠올리며 손을 바지주머니에 꽂은 채 깊은 한숨을 쉬었다. 오늘은 유난히 긴 밤이 될 것 같았다.

같은 시각, 장지찬은 푸른색 명품 양복을 꺼내 갖춰 입었다.

이어 양손에는 검은 가죽 장갑을 끼고 미리 1팀장이 대놓은 고급 승용차에 탑승했다. 그리고 그를 태운 차량이 출발하자 십수 명의 AST 조직원을 태운 봉고차 두 대가 그 뒤를 따랐다. 조수석에 앉은 1팀장은 이동 중인 차량 안에서 브리핑을 시작했다.

"현재 이건호는 사무실에 있는 것으로 확인됐습니다.

계속 감시를 붙여놓고 있으니, 혹시나 이동을 하면 따로
연락이 될 겁니다. 지금 이동하는 인원들은 변호사님이
말씀하신대로 시체를 처리하고 상황을 정리하는 데 쓰일
인원입니다. 그런데 직접 손에 피를 묻힐 필요가 있으시
겠습니까?"

1팀장은 장지찬이 굳이 직접 나서려는 이유의 진위에
대해 판단하지 못했다. 그가 속에 무슨 생각을 품고 있는
건지 확신하지 못했기 때문이다.

"사무실에 있다면 나 혼자 올라갈 거예요. 연락을 한
이후에 올라와서 상황 정리하도록 하세요. 그나저나 사후
처리는 어떻게 할 생각이죠?"

"어떤 식으로 살해되느냐에 따라 유동적으로 바뀔 수
있습니다만, 우선 계획해 둔 설계에는 놈을 끌어들일 생
각입니다."

"놈이라면, 그자를 말하는 거군요."

장지찬의 생각대로 1팀장은 유한에게 누명을 씌울 생
각을 가지고 있었다. 그리고 그의 생각대로 1팀장은 미리
생각해 둔 바를 말했다.

"이미 매스컴을 탄 놈이고, 현재로써는 경찰 당국에서
연쇄 살인범이라고 공표한 놈입니다. 병원 폭파 사건에도

관련이 있다는 설이 나돌고 있으니 누명을 씌우기에는 가장 적절한 놈이죠. 인근 CCTV를 이용할 생각입니다. CCTV에 비슷한 차림을 착용시킨 조직원을 대동하면 충분히 납득이 갈 만한 상황이 되죠."

생각보다 간단한 일이다. 유한이 매스컴에 주목받음으로써 이미 국민적 조명을 받는 살인범으로 둔갑되어 있었던 것이다. 그는 이제 경찰 당국이 지목한 단순한 범죄자 그 이상도, 그 이하도 아니었다.

장지찬은 나쁘지 않은 생각이라며 고개를 끄덕이고는 뒷좌석 시트에 몸을 깊게 파묻었다. AST의 내부 결속을 위해서라도 이건호는 반드시 제거되어야 했다.

❖　　❖　　❖

유한은 이미 사무실 안팎에 장지찬의 감시망이 따라붙을 것임을 직감했다. 이윽고 사무실 문을 열고 나온 그를 먼저 맞이한 건 불이 꺼진 비서실이었다. 비서실에는 아무도 없었으나 알 수 없는 싸늘함과 긴장감이 동시에 감돌고 있었다.

유한은 솜털을 곤두세우는 정적에 아랑곳 않고 천천히

발길을 옮겨 갔다. 그렇게 사무실을 완전히 나서자 눈앞에 보이는 엘리베이터로 검은 양복을 입은 한 명이 허리춤에 무전기를 차고 서 있는 것이 보였다. 대놓고 감시를 하겠다는 수작이다.

저벅. 저벅.

이내, 유한이 감시자와 눈을 마주치며 그를 향해 걸음을 옮기자 밑에 층에서 대기하고 있던 두 명의 또 다른 감시자들이 무전을 받고 재빨리 올라와 유한을 둘러쌌다.

"여기 계셔야 될 것 같습니다."

우락부락한 세 명의 남자는 자신들의 덩치에 유한이 금세 굴해서 사무실로 돌아갈 것이라고 예상하는 듯했다. 하지만 조용히 그들을 마주한 유한은 대답 대신 그들을 조용히 쳐다보기만 했다. 그러자 그들의 표정이 더욱 험상궂어졌다.

"자리로 돌아가라고 말씀드렸습니다."

"무전이나 꺼둬. 장지찬이 들을 테니."

"예?"

유한은 황당해하는 그들의 허리춤에서 빠르게 무전기를 낚아챘다. 먼저 무전기를 빼앗긴 남자가 미처 대응하려는 찰나, 유한의 반대 손이 오른편에 선 남자의 무전기를 뒤이어 빼앗고 잇달아 왼편에 선 남자의 무전까지 모두 빼앗아 양손에 쥐어 들어 바닥에 떨어트렸다.

"몇 명이나 있지?"

유한은 바닥에 떨어트린 무전기들을 반대편 복도로 차 버리며 대뜸 물었다. 그러자 AST로부터 나온 조직원들의 얼굴에 잠시 당황한 기색이 서렸다. 그가 이렇게 강경하게 나올 줄 몰랐던 탓이다.

"들어가라면 들어가지. 무슨 말이 그렇게 많아!"

결국 화를 참지 못한 조직원 중 한 명이 그를 밀치려 손을 뻗은 순간, 유한이 움직이기 시작했다.

유한은 내딛는 오른발을 비틀어 허리를 회전해 남자의 손을 피하고 나아가는 상체의 오른 손바닥을 펼쳐 남자의 목젖을 때렸다. 목젖을 얻어맞은 남자가 기절하자 나머지 두 명의 눈이 크게 뜨였다.

하지만 유한은 그들이 대응할 틈을 주지 않고 바닥을 박차 오른 무릎으로 왼편에 있는 남자의 턱을 걷어차 쓰러트리고는 뒤에서 달려오는 남자의 중심부를 걷어찬 후, 허리를 숙이는 남자의 턱을 때려 기절시켰다.

굳이 죽이지 않아도 하루는 지나야 깨어날 것이었다. 유한은 맥없이 쓰러진 세 명의 남자를 지나쳐 유유히 엘리베이터를 타고 내려가기 시작했다.

딩동.

유한이 일층에 도착하자 검은 양복을 입은 조직원 몇몇이 기웃거리며 주변을 떠도는 것이 보였다. 그들도 엘리베이터에서 내려 로비를 걸어가는 유한을 발견하고는, 급히 그를 향해 뛰어오기 시작했다.

유한은 굳이 그들을 피하지 않았다. 어차피 감시자들을 전부 끌어내는 것이 그의 목적이었기 때문이다. 이윽고 유한을 가로막고 선 AST의 조직원들은 다섯 명에 이르렀다. 개중에는 군용 대검을 빼어 들고 유한을 위협하는 자도 있었다.

"물러나시죠."

그중 날렵해 보이는 남자가 앞서 걸어 나왔다. 그는 유한이 어떻게 세 명의 감시를 뚫고 나왔는지 정확히 알지는 못했지만 곁에 있는 조직원들의 숫자로 그를 다시 사무실로 밀어 넣을 수 있을 거라고 생각하고 있었다.

그러나 이번에도 유한은 그저 그들을 바라볼 뿐, 아무런 대답을 하지 않았다.

"들어가라고 하지 않았습니까."

그가 유한의 어깨를 밀치기 전까지는 그러했다. 유한

의 대응은 눈 깜짝할 사이에 이루어졌다. 그는 손을 뻗은 조직원의 엄지손가락을 낚아채 꺾어 버린 후, 고통에 한쪽 무릎을 꿇은 조직원의 목덜미를 반대 팔로 감싸 재빨리 숨통을 옥죄었다.

그러자 나머지 네 명은 어안이 벙벙했다. 이건호가 하다못해, 특수부대를 나왔다는 정보는 들어 보지도 못했기 때문이다. 하지만 지금 그의 움직임은 상상을 초월했다.

유한이 숨통을 옥죄어 놓은 조직원을 끌어 빠르게 뒤로 물러나자 네 명의 조직원이 급히 그를 따라붙으며 군용 대검을 비롯한 사시미를 휘둘렀다.

1팀장으로부터 화기를 지급받지 못했기 때문이다. 1팀장은 이건호를 감시하는 데 굳이 개인화기가 필요 없다고 생각해 권총을 지급하지 않았고 그 판단은 지금으로써는 최악의 수가 되어 버렸다.

쐐액—! 쐐액—!

날카로운 칼날들이 유한의 목과 가슴 그리고 어깨를 노리고 달려들자 유한도 이미 기절한 조직원을 빠르게 그들을 향해 정면으로 밀쳐 냈다.

동시에 유한의 눈에 그들 전부가 들어왔다. 그들의 미세하게 꿈틀거리는 근육 하나하나가 전부 다 들어오고 생각이 가기 전에 몸이 이른다. 이미 환골을 이룬 유한의 신체는 근육만 잔뜩 키운 조직원들이 상대할 만한 상대가 아니었다.

순식간에 유한이 칼날들을 연달아 피해 내고 그들을 전부 기절시켜 쓰러트렸다. 다섯 명이 유한의 날카로운 일격에 전부 무너지자 더 이상 건물 안에서 유한을 막을 수 있는 사람은 없었다.

저벅. 저벅.

유한은 계속 걸어 로비 밖으로 나갔다. 새벽녘 찬바람이 불어와 뜨거워진 몸을 식힌다. 하지만 이것이 끝이 아니다. 곧 있으면 장지찬이 도착할 터였다.

유한은 빠르게 주위를 둘러봤다. 반대편 큰 건물이 눈에 들어왔다. 저격을 하려면 반대편 건물이 가장 훤히 들어올 것이다. 유한은 곧장 근방에 미리 세워 둔 본래 차량으로 가, 긴 가방에 담긴 라이플을 꺼내 들었다. 애초부터 장지찬을 기다릴 셈이었던 것이다.

그 때였다. 막 발길을 옮기려는 유한의 눈앞으로 새하얀 빛이 들어왔다. 차량 라이트였다. 갑작스러운 차량 진입에 눈을 가늘게 뜬 유한의 곁으로 세 사람이 걸어왔다. 오대용을 비롯한 팀원들이었다. 그들의 등장에 유한이 놀란 눈을 치켜떴다.

"오지 말라고 했잖습니까."

어떻게 될지 모른다. 장지찬이 무슨 생각으로 오고 있
는지 감도 잡히지 않았다. 그런데도 이들은 와 주었다.
분명 위험한 일인 것을 알면서도 그들은 오고야 말았다.

"훈계하려거든, 잘못 생각했다. 오늘은 네 말을 따라
주지 않을 생각이다."

가장 먼저 오대용이 웃음을 지으며 다가왔다. 이미 그
들은 유한과 함께하기로 마음을 굳힌 것이다. 어느새 그
들이 챙겨 온 장비들이 그 뜻을 말해 주고 있었다.

유한도 이미 그들이 현장에 온 이상, 더 이상 말릴 수
가 없었다.

"준호와 문수 씨는 네가 부탁한 일을 처리하느라 못
왔어. 대신 할 일이 없는 우리들이 왔지."

오유태가 굳은 표정의 유한을 보며 분위기를 전환하려
는지 넉살을 떨었다. 그런 그들을 보며 유한은 아무 말도
하지 않았다. 고맙다는 감사 치례도 하고 싶지 않았다.
그저 그들의 마음을 가슴 깊숙이 받아들일 뿐이었다. 지
금 그들에게는 그런 인사치례가 아닌 다른 말을 하는 것
이 옳다 판단했다.

"나는 저기 보이는 반대편 옥상에서 라이플을 겨눌 생
각입니다. 어떻게들 생각하십니까?"

그의 이어지는 음성에 드림팀원들의 입가에 미소가 서
렸다.

▼　　▼　　▼

유한은 반대편 건물 옥상에서 라이플을 옥상에 고정시
키고 있었다. 그사이, 드림팀의 나머지 인원들도 각자의
자리에서 AST의 조직원들을 기다리고 있었다. 계획을
변경한 것이다.

이미 이건호 행세를 하는 건 장지찬의 개입으로 글렀
으니 그를 노리고 당도할 AST의 조직원들을 전부 제거
할 생각이었던 것이다. 애초부터 그들이 자신을 죽이기를
원하지 않았다면 하지 않았을 선택이었으나 이미 그들은
계속 자신을 노려왔고 싸움은 피할 수 없게 되었다. 이렇
게 된 바에는 손에 피를 묻히는 수밖에 없었다.

늘 웬만해서는 살육을 피해야 한다며 역설하던 오대용
마저도 이번만큼은 고개를 끄덕여 주었다. 유한도 내켜서
하는 선택이 아님을 아는 까닭이다. 그래서일까? 그는

유한을 옥상으로 올려 보내면서 한마디를 남겼다.

"어차피 누군가를 죽여야 한다면, 더 이상 너 혼자 짊어지지 마라. 나도 늘 피하려고만 했다만, 이제는 네가 안쓰러워서 도저히 안 되겠다. 함께 가자. 업보가 된다면 그래도 함께 짊어지자."

그가 남긴 말 한마디가 마음을 울리고 심장을 때렸다.

하지만 지금은 감정에 휘둘릴 때가 아니었다. 유한은 이내, 상념을 접고는 스코프를 통해 반대편 건물과 도로가 보이는 곳을 응시했다.

준비가 끝나자 유한이 무전을 했다.

―hero 위치 고정 완료했다.

그의 무전에 답신이 연이어 들려왔다. 그러는 사이 봉고차 두 대와 고급 승용차 한 대가 도로를 타고 미끄러져 내려왔다.

그리고 그 차 안에서 장지찬이 내려섰다.

총을 쥐고 있던 유한의 손에 아주 잠깐, 힘이 들어갔다. 하지만 아직은 때가 아니다. 드림팀이 온 후 세운 계획에는 곧장 라이플을 난사하며 시가전으로 돌입하는 것이 없었다.

유한은 팀원을 믿어야 했고 그들이 바라는 타이밍을 기다려야 했다.

―타깃이 진입한다.

그들이 들어가는 것을 확인한 유한이 오대용에게 무전을 시도했다. 그러자 전기 배선을 끊기 위해 진즉, 오유태와 함께 건물 안으로 들어간 오대용의 무전이 들려왔다.

―big daddy 암전 준비 됐다. 5.

시간이 흐를수록 유한의 손에 땀이 서렸다. 그러나 시간은 흐르고 있었고 카운트다운도 계속되어 갔다.

―4.

―3.

―2.

이초에 도달했을 무렵, 유한이 천천히 방아쇠를 당겨 갔다.

―1.

마지막 카운트다운 종료를 알리자마자 유한의 손이 방아쇠를 당겼다.

탕―!

총성이 들리고 멀리서 보이던 사무실을 비롯한 고층 빌딩 전체의 전기가 나가, 사위가 어둠에 사로잡혔다.

쨍그랑—!

그가 반대편 건물 외벽으로 쏘아 보낸 총알이 유리창을 깨고 안으로 파고들었다. 적막으로 가득한 도시를 일깨우는 총성이었다.

애초에 타깃을 맞추려는 의도는 없었다.

그저 암전이 시작됨과 동시에 총성을 일으켜 장지찬과 조직원들을 혼란케 할 작정이었던 것이다. 그렇게 되면 만반의 준비를 갖췄던 그들도 우왕좌왕할 것이었고, 유한과 드림팀원들은 그 틈을 파고들 작정이었다.

—빠져나와. hero

잇따라 오대용의 음성이 다시 들려오는 사이에 준원은 이미 들고 있던 총을 분해하고는 미리 준비한 로프를 타고 빠르게 건물 아래로 내려왔다. 그리고 나선 가까이 주차해 둔 차량 트렁크에 라이플과 장비를 넣고는 다시 무전을 취했다.

—전부 물러나세요. 이쯤하면 됐습니다.

—…미안해서 어쩌지요?

하지만 답신으로 들려온 건 익숙한 팀원의 목소리가

아니라 웃고 있는 장지찬의 음성이었다. 분명히 장지찬은 로비를 통해 걸어갔다.

전기 배관과 이어져 있는 지하에 도달할 시간이 없었다는 셈이다. 그렇다면 대체 어떻게 된 일일까? 유한은 무전기를 손에 쥔 채 한참 동안 아무 말도 하지 못했다. 가족 같은 이들이 붙잡혔다는 사실 하나에 유한은 실성한 것처럼 멍해졌다.

평소의 차갑던 이성은 온데 간데 사라진 지 오래였다. 그만큼 팀원들은 어느새 유한의 마음속에 크게 자리 잡고 있었던 것이다.

―너 이 새끼.

이를 가는 유한의 답신을 들은 장지찬은 피를 흘리며 쓰러져 있는 오유태의 가슴을 발로 밟으며 피식 웃었다.

―혼란을 주려는 시도는 제법 좋았습니다. 다만, 감시자가 내부에만 있다는 생각이 잘못됐던 겁니다. 건물 밖에 몇을 두었으니까요. 너무 성급한 행동이었습니다. 덕분에 당신이 혼자 움직이는 것이 아니라는 것도 알게 됐고 더욱이, 당신이… 이건호가 아니라는 사실도 알게 됐습니다. 혼자서 훈련 받은 이들을 때려눕히는 건 그 사람의 능력으로는 할 수 없는 일이니까요.

마지막부활

장지찬의 말이 옳다. 갑자기 돕고자 온 드림팀원들 덕분에, 유한은 차가운 이성 대신 따뜻한 가슴만을 가지고 작전에 임했다. 실수였다. 어떻게 해서든 그들을 돌려보내고 혼자서 장지찬을 기다렸어야 했다. 그랬다면 이렇게까지 상황이 악화되지는 않았을 것이다. 이윽고 입술을 질끈 깨문 유한이 나지막한 음성으로 물었다.

—넌 분명히 로비로 갔어. 그건 어떻게 된 일이지?

—같은 차림새를 하고 있다고 해서, 제가 될 수는 없는 일이죠. 과거 일본에는 카게무샤라는 것이 왜 생겨났겠습니까. 다 이런 일을 염두에 두고 한 일이겠지요.

장지찬의 말에 유한은 당연히 체크되어야 할 곳을 체크하지 않았음을 깨달았다.

장지찬으로 분장한 조직원에게 정신이 팔려 뒷문으로 움직인 인원을 체크하지 못한 것이다. 아마도 뒷문으로 움직인 AST 조직원들은 장지찬과 함께 은밀히 건물을 수색하며 이동했을 것이다. 때문일까? 장지찬의 음성에는 여유가 넘쳤다.

유한은 또다시 소중한 사람을 그에게 잃어버릴 것 같은 불안감에 휩싸였다. 초조함에 목이 마르고 진땀이 흘러내렸다.

―원하는 게 뭐야.

―당신이 이곳으로 오는 것이죠.

―진짜 이건호의 존재는 물어보지도 않는군.

―이미 효용가치를 잃어버렸잖습니까. 다른 졸을 구해 봐야지요.

―그곳으로 가지.

―기다리고 있겠습니다.

―입 다물어.

유한은 쓰고 있던 인조 가죽을 벗어 집어 던졌다. 더 이상 이런 가면 따위는 거추장스러울 뿐이었다. 이미 장 지찬은 자신이 이건호가 아닌 것을 확신했다. 더욱이 팀 원마저 잡아갔으니 얼굴을 가려왔던 슈트도 필요치 않았 다.

남은 건 정면으로 부딪치는 것뿐이었다. 유한은 잇달 아 트렁크에서 AKS―74U라 불리는 소총을 꺼내 들고 방탄조끼를 반대편 손에 들었다.

그렇게 이동하기 시작한 유한은 무참한 심정으로 한 걸음 한 걸음을 옮겼다. 그는 숨을 옥죄는 양복 넥타이를 풀어헤치고 입고 있던 겉옷도 거리에 던졌다.

탕―!

그 때쯤 옥상에서 총성이 들렸다.

저격은 총성이 들릴 때쯤 대비하면 늦는다. 그래서 숨어 있는 적이 무서운 것이다. 하지만 유한은 공기 중의 흐르는 기의 진동으로 하여 총성이 일어나기 전 먼저 허리를 비틀었다.

그가 허리를 비튼 때와 함께 날카로운 총알이 손가락 마디 차이로 스쳐 지나가 도로에 튕겼다. 동시에 들고 있던 방탄복을 바닥에 떨어트린 유한이 양손으로 AKS— 74U을 받쳐 들고 어둠 속에 웅크리고 숨어든 저격수를 찾았다.

인간의 신체 한계를 넘어선 시력이 어둠 속 짐승의 안광처럼 빛났다. 그의 눈은 맹수의 것과 다를 바가 없었다. 그는 재빨리 위치를 이동하는 저격수를 확인하고는, 기다렸다는 듯 소총을 당겼다.

탕—!

한 발의 총성이 터지고 유한의 손이 다시금 방아쇠를 당겼다.

총알이 스친 저격수가 휘청거린다.

탕—!

두 번째 총성이 이어진 순간, 저격수가 지푸라기처럼

쓰러졌다.

유한은 저격수가 쓰러진 것을 확인하고 계속 걸음을 옮겼다. 그러자 이번에는 건물 입구에서 뛰어나온 두 명의 조직원이 들고 있던 소총을 겨눴다. 그것을 본 유한이 바닥을 박차고 뛰어오르자 그들의 총구가 허공을 향해 총탄을 뿜었다.

하지만 급히 고개를 숙여, 머리 위로 총탄을 피해 낸 유한은 착지하며 신속하게 바닥을 굴러 그들과의 거리를 좁혔다. 그리고 나선 들고 있던 소총의 개머리판으로 정면에 있던 조직원의 얼굴을 때린 후 재빨리 장전을 마친 소총으로 반대편에 있던 조직원의 얼굴을 쏴 버렸다.

피가 터지자 그의 셔츠에 짙은 피비린내가 감돌기 시작했다. 그러나 유한은 일말의 감정도 없는 얼굴로 계속 걸음을 옮겨 갔다.

더 이상 그들에게 보일 자비 따위는 없었다. 그들은 자신의 것을 빼앗을 만큼 빼앗았고 가져갈 만큼 가져갔다. 남은 것마저 잃어버릴 수는 없었다.

"장… 지… 찬!!"

이윽고 건물을 지나 주차장 아래로 내려가는 유한의 입에서 고막을 터트릴 것 같이 사나운 고함이 터져 나왔다.

❦　　❦　　❦

장지찬은 쓰러진 오대용과 오유태를 번갈아 쳐다보며
팔짱을 꼈다. 그들은 발악할 새도 없이 당했다. 갑자기
들이닥쳐 총구를 들이대는 AST 조직원들에게 제압당해,
환각을 일으키는 액체 마약 LSD를 주사기로 주입당한
것이다.

경련을 일으키는 그들의 모습을 바라보며 장지찬은 소
리 없이 웃었다. 그 때 지하로 내려오는 유한의 고함이
그가 서 있는 곳까지 들려왔다.

"손님이 왔군요."

장지찬의 말에 그의 곁에 서 있던 1팀장과 열댓 명의
조직원들이 빠르게 세 방향으로 나뉘어 엄폐물에 숨어 유
한을 기다렸다. 그리고 장지찬도 양팔을 벌리며 유한을
반겼다.

"기다리고 있었습니다."

지하에 완전히 모습을 드러낸 유한은 지하 공간에 울
려 퍼지는 장지찬의 목소리에 대꾸도 하지 않고 듣고 있

던 소총을 들어 올렸다. 그러자 사방에서 장전 소리가 들리며 총에 달린 레이저에서 나온 빨간 점들이 유한의 온몸에 생겨나기 시작했다.

그것을 한 차례 내려다본 유한은 굳은 얼굴로 다시 장지찬을 응시했다. 그와 마주한 장지찬도 엷은 웃음을 지으며 말을 이어 갔다.

"LSD를 대량 주입했습니다. 곧 수전증이 오고 오한이 들 겁니다. 그리고 조금 더 주입하면 탈수증으로 죽겠죠. 열 시간 동안 환각만 보면서 말입니다."

그는 그 말을 하며 주사기 한 개를 꺼내 유한의 앞에 주사기 피스톨을 눌러 보였다. 피스톨이 눌러지자 주사기 바늘에서 액체 LSD가 흘러나왔다. 당장 꽂겠다는 무언의 협박에 유한이 눈썹을 찡그렸다.

"나… 이제껏 널 놔뒀다. 네가 어디 있는지 알면서도 놔뒀어. 네 목숨 한 명 죽여 봤자 너랑 똑같은 놈이 또 넘어올 테고, 그놈을 죽여도 또 다른 놈이 넘어올 테니까. 그래서 결국 너 같은 놈들과 아무것도 다르지 않는 살인자만 될 테니까."

"나와 닮았다는 걸 인정하려는 건가요? 아님, 다른 이야기를 하려는 건가요?"

"아직 내 말 안 끝났어."

이글거리는 유한의 눈동자는 당장이라도 장지찬을 잡아먹을 듯했다. 장지찬은 그 모습이 가소롭다는 듯 피식 웃었다. 그리고 그 작은 웃음소리가 신호탄이 되었다. 유한이 발걸음을 내딛는 순간, 그를 겨누고 있던 열댓 명의 조직원들이 전부 방아쇠를 당겼다.

타타타타탕—!

연속으로 이어지는 총성과 함께 유한은 빠르게 앞으로 뛰어들어 오른쪽으로 보이는 기둥을 등지고 회전해 반대편에 숨어 있던 조직원의 안면을 손아귀로 붙잡았다.

그 악력이 대단하여 얼굴이 잡힌 조직원이 들고 있는 소총을 쏠 생각도 하지 못하고 그의 팔목을 양손으로 붙잡았다. 하지만 고통에 몸부림치는 조직원을 바라보는 유한의 눈빛은 싸늘했다. 그는 순식간에 반대편에 들고 있는 소총을 들어 그대로 조직원의 머리에 소총을 쏴 버렸다.

탕—!

싸늘한 총성과 함께 조직원들의 움직임이 더욱 바빠졌다. 그들은 기둥을 엄폐물로 세우고 숨은 유한을 견제하듯, 사격을 계속 개시했다.

지하에 남은 숫자는 한 명을 제거한 이후 열세 명.

그중 다섯 명은 엄호사격을 하고 있었고 나머지 여섯 명은 각각 두 명씩 세 방향으로 흩어져 기둥을 피해 유한을 저격하기 시작했다.

조준점을 찾으려는 수작이었다.

그리고 남은 두 명이 엄호중인 그들 사이에서 두 개의 캔을 던졌다. 고성능 연막탄이었다. 그러자 데굴데굴 굴러간 두 개의 연막탄이 터지고 연기가 피어올랐다.

동시에 어느새 방독면을 착용한 엄호사격을 하던 다섯 명 중 세 명이 두 명을 남겨두고 기둥 쪽으로 진입했다. 그 순간, 유한이 연기를 뚫고 갑자기 튀어나왔다. 도리어 유한이 은폐를 포기하고 나타나자 조직원들의 총구가 잠시 떨렸다.

유한과 가까운 거리에 같은 동료가 있었기 때문이다. 쏘면 그들이 함께 죽을 것이 뻔했다. 잠시 머뭇거리는 조직원들을 뒤에서 지켜보던 장지찬이 빠르게 걸어와 한 명의 총을 빼앗아 유한과 근거리에 있는 조직원들을 유한과 함께 쏴 버렸다.

타타타타탕—!

그는 멈추지 않고 방아쇠를 당겼다.

유한도 그가 총을 쥐는 순간, 자신과 가까이 있던 조직원의 목젖을 쳐 기절시키고는 빠르게 앞으로 다가갔다.

두두두두두—!

그가 기절시킨 조직원이 총알에 맞으며 사지를 떨어댔다. 유한은 계속 조직원을 방패막이로 세우며 계속 걸음을 뗐다. 이미 곁에 있던 두 명의 조직원은 미처 대응하지 못하고 장지찬에 의해 죽은 지 오래였다.

장지찬은 그 와중에도 계속 방아쇠를 당기며 총을 난사했다. 그리고 탄창이 다 되자 총을 바닥에 떨어트리며 유한의 주변으로 조준점을 찾은 조직원들을 향해 외쳤다.

"쏘세요!"

그의 외침을 필두로 유한의 조준점을 찾은 여섯 명의 저격수는 일시에 유한을 향해 방아쇠를 당겼다. 여섯 발의 총성이 마치 한 발의 총성처럼 들린 순간, 유한이 시체를 휘두르며 바닥을 굴렀다.

그가 바닥을 구르자마자 그의 등으로 여섯 방의 총알이 교차하듯 흩어져 갔다. 도리어 제 팀이 쏜 총에 맞아 쓰러지는 사상자가 두 명이나 발생했다.

'남은 숫자는 여덟.'

유한은 바닥을 구르면서도 사방을 확인했다. 연막탄에

의해 눈은 감은 상황이었으나, 그는 감으로 느낄 수 있었다. 그들이 어디서 움직이는지, 무엇을 하려는지 전부다.

극대화 된 기감은 유한에게 동물적 본능을 선물했다.

이윽고 땅을 완전히 굴러 장지찬과 정면으로 눈을 마주치게 된 유한은 소총을 들어 그를 향했다.

그 때였다. 유한의 총구가 향한 순간, 장지찬이 마치 환각처럼 늘어지는 듯 착각이 들었다. 그만큼 빠르게 움직인 것이다. 순식간에 유한의 앞에 도달한 장지찬의 입가에 미소가 맺혔다.

덩달아 유한의 눈에 이채가 흐르자 장지찬의 발이 그의 소총을 손에서 쳐내려 했다. 유한도 그의 움직임을 보고 주먹을 쥔 반대편 손을 빠르게 휘둘러 그의 발을 비끼듯 쳐냈다. 헛된 곳을 가른 장지찬의 발과 함께 유한이 그의 틈을 파고들며 앞으로 나아갔다.

그러자 이번에는 더 기괴한 광경이 펼쳐졌다. 장지찬의 허리와 머리가 기형적일만큼 유연하게 꺾이더니 도리어 밀려나며 파생된 원심력을 이용해 왼쪽 주먹을 휘두른 것이다. 때문에 틈을 노리고 달려들던 유한도 멈칫하며 뒤로 두 걸음 물러설 수밖에 없었다.

'얼얼하다.'

처음으로 물러나자 잊고 있었던 고통이 유한의 손을 잠식했다. 믿을 수 없을 만큼 얼얼한 느낌이다.

'달라.'

유한은 손의 고통과 함께 장지찬의 눈을 확연히 볼 수 있었다. 그리고 그의 눈이 녹색 빛을 띠며 변했다는 것도 함께 알게 됐다. 그의 신체가 바뀌었다는 직감이 유한의 뇌리를 스친 것이다.

어떤 식으로 변화했는지는 알 수 없었다. 다만, 그의 눈빛이 위험하다는 것은 확실했다. 유한은 급히 뒤로 물러나며 남은 여덟 명을 확인했다. 우선은 저들부터 제거해야 하는 편이 나을 것 같았다. 장지찬도 어쩔 수 없이 물러나는 유한을 보며 웃음을 터트렸다.

"놀랐지요? 이젠 상황이 바뀌었답니다."

장지찬의 음성이 귀에 꽂히는 와중에도, 유한은 남은 여덟 명을 제거하기 위해 급히 엄폐물을 찾아 땅을 박찼다. 그가 움직이는 곳곳마다 총알이 박혀 들었다. 그렇게 유한이 엄폐물을 찾으며 움직이자 남은 조직원들은 전술을 바꾸었다.

그들은 장지찬의 앞으로 몰려와 다시 네 명으로 팀을

나눠 유한을 양방향으로 쫓았다. 그사이 유한은 어두운 곳으로 스며들어 가듯, 잠시 걸음을 멈추고 숨을 죽였다.

바로 뒤에서 그를 쫓던 조직원들도 갑자기 땅으로 꺼진 듯 사라진 유한을 찾기 위해 근방을 샅샅이 뒤지기 시작했다. 이미 동료들이 대거 죽은 상황이었기에 그들의 움직임은 조심스러웠다.

'세 걸음만 더.'

다가오는 발걸음이 느껴지고 그들의 거친 숨소리가 유한의 귀에 닿았다. 그와 함께 주차된 차량 뒤에 숨어 있던 유한은 차 뒤 범퍼에 몸을 밀착한 채 때를 기다렸다.

그늘이 진 차량 뒤는 어둠이 깔려서 유한의 몸이 보이지 않았다. 그러자 한 팀이 차량을 둘러싸고 두 명씩 나뉘어 차량 뒤편으로 다가오기 시작했다. 그들의 숨결이 더욱 가까워지던 순간, 유한이 기다렸다는 듯이 몸을 낮추고 달려 왼쪽 선두로 오던 조직원의 가슴을 어깨로 들이박았다.

명치에 타격 당한 조직원이 거품을 물고 쓰러지자 뒤에 있던 조직원이 급히 방아쇠를 당기려 했다. 하지만 그보다는 유한이 더 빨랐다. 유한은 그의 총구를 손으로 낚아채고는 곧장 자신의 소총의 방아쇠를 당겼다. 그리고

나선 쉴 틈도 없이 반대편 두 명의 가슴에도 소총을 쏘아
맞혔다.

'남은 숫자 네 명.'

이를 악다문 유한의 인중에 진땀이 맺혔다.

그사이, 조금 떨어진 차량을 수색하던 나머지 네 명이
유한을 보고 총을 쏘아댔다. 급히 몸을 숙이고 차량에 기
댄, 유한의 머리 위로 차 덮개에 튕겨 나가는 불꽃들이
보였다. 마침 들고 있던 소총의 탄창도 다했기에 유한은
가차 없이 소총을 버리고 다리에 차고 있던 권총집에서
권총을 꺼내 들었다.

남은 네 명의 조직원들도 이미 목숨을 건 듯, 필사적으
로 악을 지르며 총을 쏘고 있었다. 쉽게 빠져나갈 수 없
는 상황이었다. 그러나 유한도 그들에게서 굳이 피할 생
각은 없었다. 이내, 입술을 질끈 깨문 유한이 바닥에 떨
어트린 차량 위로 세차게 던졌다.

떠오른 소총을 본 조직원들이 급히 총을 겨눈 사이, 뒤
따라 유한이 자리에서 일어나 빠르게 권총의 방아쇠를 당
겼다.

탕―! 탕―! 탕―!

그는 눈이 흔들리지도 않았고 조준점이 흐트러지지도

않게, 빠르고 정확하게 사격했다. 그의 한 발이 쏘아지고 한 명이 쓰러졌다.

남은 세 명의 조직원이 당긴 방아쇠와 함께 연속으로 총알이 날아왔다.

하지만 피할 곳도, 물러날 곳도 없었다. 유한은 기를 끌어 모은 반대편 주먹을 내리 뻗었다. 발경이 실린 그의 기파와 함께 그의 정면으로 날아오던 총알이 수수깡처럼 찌그러지며 땅에 떨어졌다. 하지만 미처 막지 못한 남은 총알 한 발은 기어코 유한의 볼을 스쳐 지났다.

뚝—!

유한의 발끝에 그의 볼에서 흘러내린 핏방울이 떨어져 내리고 그의 붉어진 눈동자가 남은 조직원들을 향했다.

반면 총을 쏘던 조직원들은 어안이 벙벙한 표정들이었다.

정면으로 총알을 쳐내는 작자를 무슨 수로 싸운단 말인가? 이미 전의를 잃어버린 그들의 눈동자에는 두려움만이 가득했다.

하지만 그 두려움으로는 유한을 떨쳐 낼 수 없었고 기어코 유한은 그들 앞에 정면으로 섰다. 그는 군더더기 없고 날선 움직임으로 한 발씩 빠르게 조직원들의 머리에 총알을 박았다.

총알이 박힌 둘이 쓰러지고 남은 한 명이 주저앉아 오줌을 지렸다. 오랫동안 훈련 받은 조직원들도, 유한의 기세 앞에서는 손가락 하나 까딱할 수 없었던 것이다.

그러던 중 등 뒤로 장지찬이 걸어오기 시작했다. 그가 걸어올수록 구두 굽 소리가 서서히 크게 울려 퍼지는 듯하였다.

하지만 유한은 그가 걸어오는 기척은 아랑곳 않고 잘게 떨고 있는 조직원의 눈만을 바라보고 있었다.

"…사 …살고 싶어. 우린 전부 다 시켜서 하는 것뿐이야. 전부 다."

지독한 공포심은 자존심 따위는 생각지도 않게 했다.

이미 그는 AST를 등지겠다고 스스로 말하는 것과 진배없었다.

그럼에도 유한은 방아쇠를 당겨 갔다. 그러자 조직원의 말이 더욱 더듬거리고 빨라졌다.

"제발. 제발. 우린, 죄가 없어."

그리고 처음으로 유한이 그의 말에 대답을 했다.

"내가 자비심을 가졌다고 생각하나?"

"그… 그래."

"넌 틀렸어."

"뭐?"

"넌 죄인이거든. 그리고……."

탕—!

마지막으로 들리는 총성과 함께 유한은 뒷말을 속으로 내뱉었다.

'나도.'

이윽고 쓰러지는 시체와 함께 돌아서는 유한의 눈에 걸어와 멈춘 장지찬이 들어왔다.

6장

반전

고태윤은 건물과 적당히 떨어진 곳에 차를 대놓고 팀원들을 기다리고 있었다. 전기를 잠시 끊어 놓은 후, 다시 합류해서 장비를 챙기고 유한을 돕자고 했었기 때문이다. 하지만 시간이 흘러도 작전 포인트에 돌아오는 사람은 아무도 없었다.

　그리고 문득 무전에 장지찬의 음성이 들리고 나서부터 고태윤은 재빨리 장비를 챙겨 뛰기 시작했다. 그러나 그가 지하 주차장으로 향할 무렵, 어디서 왔는지 모를 봉고차 한 대가 먼저 당도했다. 아무래도 장지찬이 불러들인 또 다른 지원 병력인 것 같았다.

그래서 엄폐물을 찾아 숨어, 그들을 하나하나 저격하기 시작했다. 봉고차에서 나온 건, 무장한 여섯 명의 조직원이었고 고태윤은 어깨에 총상을 맞은 대신 그들을 전부 사살할 수 있었다. 그리고 지금 그는 대강 옷가지를 찢어 어깨를 감은 다음, 지하 주차장으로 급히 내려가고 있었다.

휘잉―!

안으로 진입할수록 알 수 없는 황량함이 느껴졌다. 예상했던 고통 섞인 비명 대신 한 발의 총성 소리와 함께 고요함이 가득했다.

철컥―!

그 속에서 고태윤은 마른침을 삼키며 들고 있는 라이플로 정면을 겨눈 채 조심스럽게 걸어가기 시작했다. 얼마쯤 걸어갔을까?

그의 눈에 장지찬과 마주 보고 서 있는 유한이 보이고 사방에 널브러져 있는 AST 조직원들이 들어왔다. 하지만 무엇보다 그를 놀라게 한 것은 의식이 없는 오대용의 상태였다.

"원사님! 원사님!"

준호는 무언가에 취한 듯, 오한에 떨고 있었지만 적어

도 의식은 있었다. 몽롱한 흰자위만이 보이고 숨은 거칠게 쉬더라도 적어도 목숨 줄은 붙어 있었던 것이다. 하지만 오대용은 달랐다.

그는 어떤 이유 때문인지 숨소리조차 미약했다. 이대로 살 수 있을지 확신할 수 없는 절망적인 상태였던 것이다.

"젠장. 젠장!"

고태윤은 할 수 있는 응급조치를 했다.

분노로 손이 떨려 와도, 이를 갈면서도, 계속 이성을 제어하려 했다.

자신마저 이성에 끊겨 본능에 행동하면 유한에게 짐이 될 것이라는 판단 때문이었다.

'나 대신, 저 새끼 죽여 버려라.'

그는 걱정으로 인해 떨리는 손으로, 응급조치를 취하면서 힐끗 장지찬과 함께 서 있는 유한을 보며 속으로 부르짖었다.

❧　❧　❧

"손님이 왔군요."

한편 장지찬은 지하에 들어온 고태윤을 보고는 피식 웃었다.

무엇 때문인지 몰라도 그는 여유로웠다. 마치 사방에 쓰러진 시체들은 지금의 시간을 위한 소모품처럼 생각하고 있는 것 같았다. 그리고 침묵을 지키던 유한이 그제야 입을 열었다.

"다 쓴 거냐."

그는 장지찬이 손에 쥔 주사기를 보며 물었다.

"네. 당신이 저분들을 모두 죽이기 전까지, 소일거리가 좀 필요했거든요. 아주 잠시 동안은요."

그 많은 환각제를 다 투여했다는 이야기였다.

어쩌면 이미 둘의 목숨은 하늘에 달리게 된 것인지도 몰랐다. 유한은 분노로 일렁이는 마음을 억누르며 꽉 닫은 잇새 사이로 외쳤다.

"형! 데리고 나가."

시체 더미인 이곳으로 앰뷸런스를 부를 수는 노릇이다. 고태윤도 유한의 말이 무엇인지 알았는지 근처에 보이는 차량으로 뛰어가, 유리창을 부수고 어쩔 수 없이 차의 회로를 이용해 시동을 걸었다. 그리고 나선 의식이 없는 둘을 차에 실은 고태윤은 마지막으로 장지찬과 대치하고 있는 유한을 응시했다.

그를 남겨 두고 떠나는 것이 못내 마음에 걸린 것이다.

하지만 그는 입술을 질끈 깨물었다. 지금은 유한을 걱정할 때가 아니었다. 적어도 유한은 버틸 수 있었고 자신은 이 둘을 병원에 맡기고 다시 이곳으로 와야 했다.

'금방 돌아오마.'

고태윤은 어쩔 수 없이 시동이 걸린 차를 운전해 빠르게 주차장을 빠져나갔다. 그렇게 그가 사라지고 난 후의 주차장은 고요했다. 유한의 눈빛도 덩달아 가라앉아 갔다. 잠시 동안 장지찬을 마주 보던 유한이 물었다.

"총성이 오래토록 들렸으니, 이곳으로 경찰들이 몰려올 거야. 자리를 옮기지."

유한은 이 싸움이 결정적인 순간이라는 것을 직감했다. 그리고 장지찬도 의외로 순순히 그의 말에 동의했다.

"이들에 의해 신분이 들통 날 텐데도, 굳이 걱정을 하지 않는군."

"저들은 신분이 없습니다. 말소된 기록밖에 없죠. 이미 예상하신 것을 굳이 입 밖으로 꺼내시는군요."

"혹시나 했지. 그 정도의 자비심이라도 있을 거라고 생각해서."

"신분을 말소시키는 일은 자비와는 별개의 문제지요. 저들은 저들이 직접 원해서, AST에 소속된 겁니다. 누구의 탓도 할 수 없죠. 당장의 굶주림을 면하기 위해서 찾아온 자도 있고 꽤 큰돈을 얻고자 찾아오는 사람도 있습니다. 성공이란 수식어는 어떤 길을 가든, 힘을 가진 자에게 주어지니까요."

유한은 그의 어긋난 가치관을 굳이 설득해 줄 생각은 없었다. 다만 그를 죽이고 싶었다. 피가 거꾸로 치솟는 이 감정을 뭐라 표현해야 할까?

그래서 아무 말도 하지 않았다.

어떤 말로도 그를 향한 자신의 감정을 표현할 수 없을 것을 누구보다 스스로가 잘 알기에, 그렇기에 구구절절 그에게 꺼내 놓지 않았다.

하지만 단 한마디는 그에게 묻고 싶었다.

"넌, 너를 지켜 줄 사람이 있나?"

"인간은 고독의 동물입니다. 누구의 도움도 필요치 않아요. 도움이 필요한 건, 이미 동정을 바라는 짐승과 다를 바가 없죠. 차가운 이성으로 살아가면 됩니다. 인간은 그러기 위해 진화해 왔으니까요."

"가지."

물어봤으니 되었다.

충분한 결론을 얻었으니까.

장지찬은 스스로 만든 이성이란 벽에 가둬진, 불쌍한 짐승일 뿐이다.

❦　　❦　　❦

유한은 장지찬이 운전하는 조수석에 앉아 그의 승용차를 타고 움직였다. 총알이 난무하던 곳에서 목숨을 앗아가려던 적들 치고는 모순적인 상황이었다.

하지만 유한도, 장지찬도 그런 것에 개의치 않아했다. 그들은 어떤 형식으로든, 끝을 향해 다가가고 있는 것이라고 여겼기 때문이다.

이윽고 장지찬의 차가 도착한 건 한, 폐기된 공장의 외곽진 출입 금지 구역이었다. 그는 이미 이 장소까지 생각해 놓았었는지 만족스러운 웃음을 띠며 차의 브레이크 기어를 채우며 말했다.

"내리시죠."

유한은 생긋 웃는 그의 얼굴을 마주 보며 속이 매스꺼울 만큼 역겨웠으나 내색하지 않았다. 그저 입을 닫은 채

차에서 내려 공터를 향해 걸어갈 뿐이었다.

그 와중에 둘은 각자 손에 쥐고 있던 권총을 꺼내 들었다.. 둘은 지하에서 만난 것처럼, 서로에게 아무 말도 없이 적절한 거리로 떨어져 평행을 유지하며 걷기 시작했다.

그리고 얼마쯤 걸었을까?

동시에 멈춘 두 사람이 서로를 응시했다.

"제 설계는 여기까지입니다. 기존에 있던 설계가 당신의 등장으로 인해 조금 변경되긴 했지만, 그래도 생각해둔 것은 여기까지죠."

"…그래서?"

"사실 당신이 살아 돌아온 줄은 꿈에도 생각 못했습니다. 당신이 윤성희 씨를 구하고자 비명을 지를 때 알아봤어야 했는데 말입니다. 물론, 그것 때문에 나중에라도 그 사실을 눈치챌 수 있었습니다. 하지만 이건호 씨로 둔갑해 있을 줄은 예상 밖이었죠. 그래서 사실 제 감정을 말씀드리자면 화가 납니다. 당신의 생각을 읽지 못했다는 이유 때문이죠."

장지찬은 모든 것을 제 식대로 움직여야 만족을 느끼는 작자다. 그의 말 몇 마디로도 그가 얼마나 유한에게

집착하고 있는지를 알 수 있었다.

장지찬이 계속 말을 이어 갔다.

"매스컴을 이용한 작전도 나쁘지 않았습니다. 다만, 상대를 잘못 판단한 것이 우를 범한 일이었지요. 그렇지 않습니까."

"정총만은 스스로 무너질 거다. 너와 관계되어 있는 모두가 그렇게 될 거야."

"상관없습니다. 무너진 커넥션이야 다시 세우면 그만이고 자멸한 사람들 또한 새로운 사람으로 교체하면 그만이니까요. 이 나라에는 그럴 만한 위인들이 많습니다. 각자의 욕심을 채우기 위한 사람들이라면 수십 만, 아니 수백만이 몰릴 겁니다. 그리고 그들을 제어하는 건 나와 같은 사람들이겠죠. 동감하십니까?"

그의 말이 진행될수록 유한은 더욱 심장이 식어 갔다. 그리고 그의 입이 더 이상 열리지 않을 때쯤, 유한은 조용히 손을 들어 올렸다. 그가 쥔 총구가 장지찬을 향했다. 장지찬도 그의 총구를 보자마자 씩 웃었다.

그리고 주머니에 손을 꽂고 있던 장지찬의 어깨를 향해 유한이 한 발을 쐈다. 장지찬은 굳이 총알을 피하지 않았다. 그의 어깨에 박힌 총알과 함께 유한의 앞으로 핏

방울이 튀었다.

그럼에도 장지찬은 웃었다. 마치 자신의 존재를 증명하듯이, 더욱 쏴 보라며 발악하는 것 같았다. 유한은 그런 그의 모습에 더욱 입술을 깨물며 다시 방아쇠를 당겼다.

탕—!

두 번째 쏘아진 총알이 이번에는 장지찬의 반대편 어깨에 맞았다.

'조준점은 틀리지 않았어.'

그는 방아쇠를 당길 때마다 총구를 장지찬의 머리로 향하게 했다. 단번에 그를 죽이고자 하는 마음은 변한 것이 아니었다. 다만 총을 쏠 때마다 턱을 뒤로 당기며 몸을 비스듬히 젖힌 장지찬은 다가오는 총알을 유도한 것이다. 그리고는 고통에 인상을 찡그리면서도 웃음을 지우지 않았다.

탕—! 탕—! 탕—!

유한은 피하는 그를 향해 가까이 걸어가면서 연달아 방아쇠를 당겼다. 하지만 장지찬은 얄밉게 그 모든 총알을 즉사하지 않을 곳에만 맞아가며 제자리에서 버텨 갔다. 그리고 마지막 한 발의 총성이 들린 순간.

버티고 서 있던 장지찬이 돌연 풀썩 쓰러졌다.

걸어가던 유한도 차갑게 식은 눈빛으로 쓰러진 그를 내려다보며 들고 있던 총을 늘어뜨리며 깊은 한숨을 쉬었다.

밤은 아직 어두웠다.

"…일어나. 일어나 이 새끼야!"

피를 흘리며 고개를 숙인 장지찬을 보며 유한은 깊은 슬픔이 섞인 외침을 토해 냈다. 이 허무한 죽음 하나를 위해서 그렇게 무수히 많은 사람들이 죽어 갔단 것을 인정해야 했기 때문이다. 심장 언저리로부터 시작된 슬픔의 그림자는 유한의 깊은 눈빛에 담겨 갔다.

크르릉—!

쓰러진 장지찬의 입에서 짐승 같은 울음소리를 듣기 전까지는.

그리고 서서히 일어나기 시작한 장지찬의 눈에는 아무런 이성이 담겨 있지 않았다. 오직 본능에 의한 살의만이 가득했다. 팽창되기 시작한 근육은 물론이거니와 불어난 근육으로 인해 몸이 두 배는 더 큼직해 보였다.

더욱이 그의 변화된 녹색 동공은 마치 지저에서 일어난 불길 같아 보였다. 유한마저도 한 걸음 물러설 만큼 장지찬의 살의는 강했다.

그랬다.

장지찬의 노림수는 일부러 적정량의 피를 흘리고 식인 능력을 극대화시킴으로써 한계 이상의 것을 끌어내려 한 것이다.

그리고 그의 시도는 적절하게 먹혔다.

"…대체 몸에 무슨 짓을 한 거냐."

나지막한 유한의 음성과 함께 장지찬이 본능을 억제하지 못하고 결국 땅을 박찼다. 괴물이 되어 버린 그의 신체적 운동신경은 인간의 한계를 뛰어넘고 있었다.

기를 느끼고 행했던 강태식의 경지를 뛰어넘은 유한조차도 그의 휘둘러지는 손톱을 무시할 수 없었다. 무시무시한 힘이 담긴 일격을 급히 몸을 낮춰 피한 유한의 귓가에 세찬 파공음이 들렸다.

쐐액—!

장지찬은 그것에 그치지 않고 두 손을 겹쳐 유한을 깔아뭉갤 듯 유한의 정수리를 내리찍었다. 그러자 유한은 급히 허리를 비틀어 두 걸음 왼쪽으로 물러난 다음, 그대로 기가 실린 발경을 가했다.

비천파동진의 변화된 정수가 유한의 양 주먹에 의해

펼쳐졌다. 그의 기가 실린 파동진이 정확히 장지찬의 허리에 박히자 장지찬이 고통의 포효를 내지르며 빠르게 왼쪽 팔을 휘둘렀다.

단순히 휘두른 것뿐이지만 이미 뼈가 칼날처럼 날카로워진 장지찬의 신체 변화는 유한으로 하여금 물러날 수밖에 없게 만들었다. 급히 허리를 젖혀 그의 주먹을 피해 낸 유한이 이번에는 땅을 등에 지면서 발을 차올렸다. 정확히 사혈이라고 불리는 중요 급소를 찌른 것이다.

드디어 효과가 있었는지 장지찬이 재차 고통 섞인 포효를 하며 허리를 감싸 쥔 후 고개를 숙였다. 기회만 엿보고 있던 유한이 더욱 신속하게 움직인 것도 바로 그 때였다.

그는 양 손바닥을 펼쳐 장지찬의 귀를 강하게 때린 후, 팔꿈치를 칼날처럼 굽혀 기를 실었다. 그러면서 장지찬의 턱과 안면에 비천파동진의 묘리를 실어 종횡으로 휘둘렀다.

칼날처럼 휘둘러진 유한의 연속 격타에 장지찬이 안면을 감싸며 더욱 괴성을 질러댔다. 하지만 그것도 잠시, 더 이상 사람의 몰골이라고 볼 수 없었던 그의 흉측한 얼굴이 유한과 다시금 마주한 순간.

저편에서 누군가의 목소리가 들려왔다.

"거기서 뭣들 하는 거요! 나오··· 뭐야!"

출입 금지 구역을 지키는 경비원인 듯 보이는 중년 남자는 말하다 말고 흉측한 장지찬의 몰골을 보고는 경악을 금치 못했다.

그 순간, 눈을 뒤룩거린 장지찬이 네 발 달린 짐승처럼 손으로 땅을 짚고 두 발을 박찼다. 말릴 새도 없이 뛰어간 장지찬을 유한은 급히 쫓았지만 이미 한발 늦은 뒤였다.

장지찬이 단박에 이십 미터를 주파해 중년 남자를 덮쳐 든 것이다.

그는 귀와 얼굴 가리지 않고 중년 남자의 곳곳을 뜯어 먹기 시작했다. 피가 치솟자 그 피를 마시며 괴성을 질러 댔다.

급히 유한이 주먹을 내질러 그의 척추를 가격했지만 그런 것 따위는 신경도 쓰지 않는지 장지찬은 계속 중년 남자의 피를 마시고 또 마셨다.

유한은 그 남자를 구하기 위해 최선을 다해 자신이 알고 있는 모든 기술을 사용했다. 처음으로 그의 호흡이 흐트러질 만큼, 그가 팔과 다리를 휘두른 것이다. 그러나 그는 돌처럼 꿈쩍도 하지 않은 채 피를 마시는 장지찬을 결국 막지 못하고 뒤로 물러날 수밖에 없었다.

"젠장. 젠장!!"

막지 못했다는 자괴감이 유한의 뇌리를 덮쳤다. 그리고 입가에 피를 묻힌 채 돌아서는 장지찬의 얼굴은 놀랍게도 다시 새살이 돋고 있었다.

식인 행위가 단순히 먹는 데에만 그치지 않고 그의 재생을 돕고 있던 것이다. 그 놀라운 광경에 유한은 입을 앙다물었다.

하지만 상황은 계속 유한에게 불리하게만 돌아가고 있었다. 계속된 타격으로 인해 그의 단련된 주먹에도 경련이 일고 있었던 것이다. 마치 장지찬의 몸은 다이아몬드로 만들어진 것 마냥 단단했다. 그가 무엇을 믿고 여기까지 자신을 이끌고 온 것인지 이제야 알게 된 셈이다.

크르르릉—!

중년 남자를 먹어치운 장지찬은 이젠 새로운 사냥감인 유한을 들여다보고 있었다. 그리고 둘은 누가 먼저라 할 것도 없이 서로에게 득달같이 달려들었다.

유한은 경련이 일어난 손의 고통을 참고 먼저 비천파동진을 펼쳤다. 그의 손에서 퍼진 기의 파동이 거친 파도처럼 장지찬의 가슴팍을 때렸다. 하지만 장지찬은 고통 따위는 상관없는지 막을 생각도 하지 않고 양손을 내리뻗어 유한의 양어깨를 낚아채 자신 쪽으로 끌어당겨 얼굴을 유한 쪽으로 내밀었다.

송곳니 같은 이빨로 유한의 얼굴을 물어뜯기 위해서였다. 그러자 이를 악다문 유한이 다시금 팔을 굽혀 팔꿈치로 날카로운 일격을 가했다.

콱—!

하지만 장지찬은 아랑곳 않고 이빨을 들이밀어 유한의 팔꿈치를 물었다. 그러자 유한의 일격을 고스란히 전해 맞은 장지찬의 이빨에 금이 가고 입에서는 녹색의 피가 튀어 올랐지만, 동시에 유한도 그의 이빨에 찍히는 것은 막아내지 못했다.

급히 반대 팔을 휘둘러 장지찬의 눈두덩을 찍어 내린 유한은 그제야 고통으로 인해 물러나는 장지찬과 함께 급히 뒤로 다섯 걸음이나 물러났다.

이미 그의 팔 관절이 있는 살집은 전부 뜯겨 나가 새하얀 뼈가 훤히 드러난 상태였다. 그에 반해 장지찬은 아직도 힘이 넘쳐 보였다.

더욱이 유한의 피까지 마시게 됐으니 더욱 그 기세가

올라, 더 크게 포효하고 있었다. 유한은 그 잠깐 사이, 무엇으로 그를 해칠 수 있을지 고심했다. 단순히 총으로 는 그를 해치기 어려워 보였고 단박에 목을 자르는 것밖 에는 수가 없을 듯한데, 지금 그에게는 개인화기는커녕, 무기라고 할 법한 것이 아무것도 없었기 때문이다.

남은 건 이 근방에 보이는 지형 물을 이용하는 수밖에 없었다. 그러던 유한의 눈에 고장 난 크레인과 함께 있는 폐기 직전의 타워 크레인이 보였다.

폐기 직전의 타워 크레인은 밑을 바치는 근반 기둥들 이 나사가 당장이라도 풀릴 것처럼 헐거워져 있었지만 그 런 것까지 신경 쓸 여력이 없었다. 그는 급히 허공으로 고개를 돌려 타워 크레인 꼭대기에 달린 트롤리를 확인했 다.

'이성을 잃었으니 생각을 하지 못해. 다만, 빠르다.'

유한은 빠르되 생각을 하지 못하는 현재 장지찬의 상 태를 이용할 수밖에 없었다.

지금은 그것이 최선이었다.

판단이 서자 유한은 발에 기를 실어 주변에 모여 있는 흙더미를 차올렸다. 흙더미가 알갱이로 흩어져 전면으로 퍼져 오자 장지찬이 손을 이리저리 휘둘러 몰아치는 모래를 뚫고 달려왔다. 그 찰나의 틈에 달리기 시작한 유한은 타워 크레인의 기둥을 타고 위쪽으로 오르기 시작했다.

그러자 유한의 뒤를 따라 장지찬이 포효를 하며 뒤쫓아 왔다. 오직 살의만이 가득한 장지찬은 유한을 먹겠다는 식인 의지밖에 남아 있지 않아 보였다.

유한도 그것을 노리고 있는 힘껏 계속해서 타워 크레인을 올라가기 시작했다. 그렇게 계속해서 크레인을 오르자 지상에 있는 모든 것들이 개미처럼 작아 보였다. 그리고 여전히 장지찬은 거친 숨결을 내쉬며 뒤를 쫓아왔다.

그렇게 크레인의 수평으로 연결된 지브에 당도한 유한은 철골 위에 위태롭게 올라서서 철봉 매달리기를 하듯 연달아 도약해 다가오는 장지찬을 기다렸다.

쿵—!

그리고 마침내 위태하게 올라선 유한과 철골 위에 마주하게 된 장지찬은 쪼그려 앉은 자세로 유한을 노려보고 있었다. 마치 맹수가 사냥을 하기 직전의 준비 자세 같았다.

유한도 언제 튕기듯 달려올지 모르는 장지찬을 견제하며 천천히 뒤로 물러나기 시작했다. 조금씩, 조금씩 걸음을 떼 다가오는 유한을 보며 장지찬이 낮은 목소리로 울었다.

크르릉.

장지찬은 때를 기다리고 있었다.

적어도 살의가 담긴 녹색의 눈빛은 유한에게 언제 움직일지를 예상케 했다.

그리고 그의 눈에 이채가 흐른 듯 한 순간.

유한이 기다렸다는 듯 철골을 박차고 절벽 낭떠러지인 트롤리 쪽을 향해 달려갔다. 그러자 장지찬도 괴성을 지르고는 팔과 다리를 네발처럼 사용하며 철골을 이리저리 교차하며 유한을 지척까지 쫓아왔다.

"으하아압!"

유한은 마지막 선으로 보이는 철골을 박차자마자 기합성과 함께 아무것도 없는 빈 허공을 향해 땅을 기어코 박찼다. 동시에 유한이 입고 있는 셔츠에 손톱이 닿을 듯했던 장지찬도 그 뒤를 따라 아무것도 없는 허공에 날아들었다.

어두운 밤하늘에 날아오른 둘의 앞으로 새벽녘을 알리는 어스름한 태양빛이 들어오기 시작했다.

❖   ❖   ❖

"⋯유한아."

고태윤은 병원에서 두 사람을 응급조치 시키고 문수에게 연락을 했다. 혹여나 AST 쪽에서 그들이 있는 병원을 찾아와, 또다시 횡포를 벌일 것 같아서였다.

따로 일을 보고 있던 문수도 그런 고태윤과 생각이 같았는지, 곧장 비맥회의 일원들을 이끌고 고태윤이 있는 병실로 찾아왔다.

그제야 고태윤도 자리를 지켜 주겠다고 한 문수를 남겨 두고 다시 현장으로 달려왔다. 하지만 돌아온 건물 앞에는 열 대가 넘는 경찰들과 국과수 사람들이 당도해 있었다.

갑작스럽게 열 댓 구가 넘는 시체들과 총기들이 널브러져 있었으니 경찰당국으로서도 최대한 가용할 수 있는 인원들을 뽑아 이곳으로 보낸 것이다.

이미 출입 금지 표시를 한 경찰들은 심각한 얼굴로 서로 정보 공유를 하고 있었다. 더욱이 새벽녘인데도 몰리기 시작한 기자들은 저마다 사진을 찍고 경찰들에게서 하나라도 더 정보를 빼기 위해 공을 들이고 있었다.

그러한 혼란 속에서 고태윤은 아무것도 할 수가 없었다.

괜히 나섰다가는 용의자 조사를 받아야 하고 복잡해질 수 있었다. 그럴 바에는 뒤로 물러나는 편이 옳았다. 더욱이 주변을 둘러보니 경찰들은 현장에서 아무것도 건지지 못한 것처럼 보였다.

그렇다면 답은 하나.

유한과 장지찬이 이곳을 떠나 다른 곳으로 자리를 옮겼다는 이야기였다. 그는 우선 인파 틈에 조심스럽게 뒤로 물러나 수상해 보이지 않게끔 자리를 떴다. 그리고는 이곳 가까이 대둔 자동차에 시동을 켜고 뒷골목으로 이동하기 시작했다.

―두. 두. 두.

그는 이어폰을 끼고 곧장 준호에게 전화를 걸었다.

―네!

준호도 기다리고 있었는지 급한 목소리로 그의 전화를 받았다.

―유한이가 없다. 장지찬과 함께 움직인 것 같아.

그의 말에 작전 룸에 있던 준호는 곧장 가동할 수 있는 모든 위치 추적을 시작했다. 가장 먼저 유한의 휴대폰을 체크했지만 이미 꺼진 휴대폰은 먹통 상태였다.

그러자 준호는 그곳 지역에서 유한이 갈법한 곳을 체

크하기 시작했다.

가장 근거리에 있는 폐공장, 공원, 그리고 지하 주차장을 모두 고려했다.

그렇게 추려 낸 것이 모두 210개.

준호는 그것을 보며 입술을 잘근잘근 씹었다.

'어떤 것이든 골라내야 해.'

이 장소들 중 가장 적합한 곳으로 골라내야 한다. 키보드를 두드리며 정보를 체크하고 제거하는 준호의 손이 더욱 빨라졌다.

—찾을 길이 없는 거니?

그새 들려오는 고태윤의 목소리는 잘게 떨리고 있었다. 늘, 오대용이 없을 때는 맏형이자 삼촌처럼 모든 팀원들을 감싸주는 사람이 바로 고태윤이다. 그런 그가 처음으로 두려운 듯한 목소리를 보이고 있었다.

유한이 쓰러졌을 때도 슬퍼했을 뿐, 지금과 같지는 않았다. 그러나 지금의 그는 마치 무언가를 두려워하고 겁에 질린 것만 같았다. 어쩌면 곁에 있는 사람들이 언제든 말도 없이 떠나 버릴 수 있다는 절망감이 그를 새삼 두렵게 만든 것인지도 몰랐다.

하지만 준호는 내색하지 않고 자신의 할일을 계속해

나갔다. 잠시, 의자에서 벌떡 일어나 초조하게 주변을 서성이던 그는 손톱을 깨물다 말고 지하 주차장을 과감하게 지웠다.

—준호야?

—잠시만요! 잠시만 기다려 주세요! 저도 잠시 생각할 시간이 필요해요.

—그래. 하지만 시간이 없어.

—알고 있어요. 잠시만요. 잠시만…….

초조하게 외친 준호는 자신의 주변을 둘러싼 컴퓨터를 바라보다 양손으로 책상을 짚었다. 아무리 머리를 써도 이젠 직감밖에 믿을 것이 없었기 때문이다.

준호는 지금껏 자신의 직감을 믿은 적이 단 한 번도 없었다.

그저 데이터와 그에 따라 산출되는 정보들에 따라 움직이고 또 계획할 뿐이었다. 그러나 지금과 같은 상황은 준호에게 정보가 아닌, 직감을 필요로 하고 있었다.

준호는 결국 판단을 내렸고 처음 지웠던 지하 주차장에 이어서 공원을 과감하게 지웠다. 지금은 사용되지 않아 인적이 드문 공원마저도 모두 지워 버렸다.

그렇게 직감에 따라 몇 곳을 지우자 남은 건 폐공장뿐

이었다.

하지만 폐공장도 아직 근방에 다섯 곳이나 남아 있었다. 그러나 지금은 유한을 한시라도 빨리 찾아야 했고 고태윤을 그곳에 보내 유한을 돕게 만들어야 했다.

모니터 앞에서 손톱을 깨무는 준호의 눈빛에 초조함이 서렸다.

'남은 곳은 다섯 곳이야. 이곳에서 한 곳을 골라 내야 해. 지형적으로 장지찬이 갈 곳은 어디일까. 내가 장지찬이라면 어딜 선택할까?'

준호는 계속 고민했다.

장지찬의 입장이 되어서.

AST를 이끄는 지부장이 되어서 고민하고 또 고민했다. 단순히 직감을 떠나, 그의 지금까지 행보로 미루어 생각하는 것이다.

'장지찬은 지금까지 모든 계획을 자신과 연결된 커넥션을 통해 진행해 왔어. 그럼 이번 계획을 짤 때에도 자신과 무관한 곳을 택하지는 않았을 거야. 더군다나 상황으로 미루어 보면 유한 형은 장지찬에 의도대로 이끌릴 수밖에 없었고 장소 이동 또한 장지찬의 협박이 들어갔을 거야. 그래도 유한 형이 순순히 따라갔을까?'

최대 변수는 유한이었다. 유한이 장지찬의 의도대로 이끌려 간 것인지 아닌지가 최대 변수가 된 셈이다.

'하지만 유한 형은 장지찬과 악연이 깊어. 이미 원사님과 유대 형이 다친 상황이라면, 유한 형도 더 이상 참지 못했을 거야. 어쩌면… 유한 형은 마지막을 준비했을지도 몰라.'

순순히 따라갔을지도 모른다는 직감이 준호의 머릿속에 맴돌았다.

'좋아. 유한 형이 순순히 따라갔다고 한다면. 장지찬이 움직일 곳은.'

준호는 가정을 세우고 급히 컴퓨터 장비들로 장지찬에 관한 모든 정보를 빠르게 종합해 갔다. 그리고 이 근방에 그와 연결이 되어 있는 어떤 회사들이 관련되어 있는지마저도 교차 검색에 들어갔다.

그러자 폐공장 다섯 개 중, 최근 F건설이 투자한 땅하나가 준호의 눈에 들어왔다. 동시에 과거 염색 공장이었지만 지금은 폐공장이 된 곳을 F건설이 허물겠다는 기사가 모니터에 교차 검색됐다. 아직 시공 전인 이 땅을 모든 정황들이 가리키고 있었던 것이다.

—형! 찾았어요!

이윽고 통화 연결이 되어 있는 고태윤의 귓가로 준호
의 다급한 목소리가 들려왔다.

❦　❦　❦

고태윤을 태운 차가 출입 금지 지역이라고 쓰인 푯말
을 거리낌 없이 치고 지나갔다. 그는 곧장 우측으로 핸들
을 돌려 근방의 공터를 찾기 시작했다.

'제발. 제발. 어디 있느냐. 유한아.'

그가 더 이상 참을 수 없었는지 차를 세우고 차 문을
박차고 밖으로 나섰다. 하지만 밖으로 나서도 눈에 보이
는 건 공사를 준비하기 위한 모래판과 일견 보기에도 낡
아 보이는 폐공장뿐이었다.

그렇게 얼마나 돌아다녔을까?

쉼 없이 찾던 그의 눈에 온갖 벌레가 꼬여 있는 처참한
시체가 들어왔다. 가까이 다가간 고태윤은 자신도 모르게
손으로 입을 막았다.

곧바로 구역질이 치밀어 오를 것 같았지만 혹여나 그
것이 유한의 시체인지도 모른 불안감에 휩싸인 그는 조심
스럽게 시체가 입고 있는 복장을 살폈다. 시체가 살아 있

마지막부활

을 때 입고 있었던 옷은 남색 경비복이었다.

'유한이 아니다.'

한편으로는 다행이었지만 무의미한 희생자가 나왔다는 생각에 고태윤은 마음이 더욱 무거워졌다. 그 때였다. 어디선가 고태윤을 부르는 목소리가 들려왔다.

너무나도 친숙한 목소리.

그토록 찾아 헤맸던 유한의 목소리가 귓가에 울러 퍼지기 시작한 것이다.

"형!"

고태윤은 곧장 소리가 나는 진원지를 향해 고개를 쳐들었다. 그러자 긴 타워 크레인, 트롤리에 매달린 유한이 점처럼 고태윤의 눈에 들어왔다.

그는 이 순간, 유한이 점처럼 보이는 것이 뿌옇게 서린 자신의 눈물 때문인지 아님 그가 먼 하늘에 매달려 있어서인지 분간할 수가 없었다. 하지만 그렇게 정신이 없는 와중에도 그를 달리게 만든 건 유한이 살아 있다는 사실하나 때문이었다.

그는 급히 타워 크레인의 조종석으로 들어가 천천히 유한이 매달려 있는 트롤리를 바닥으로 낙하시켜 갔다.

지이이잉.

당장 기둥이 무너질 것 같은 타워 크레인이 다행스럽
게도 큰 잡음 없이 작동되었고 유한은 그렇게 고태윤에
의해 바닥에 착지할 수 있었다.

쿵.

마지막으로 트롤리가 바닥에 떨어진 순간, 고태윤은
다시 정신없이 유한을 향해 달려갔다. 이윽고 그가 유한
에게 당도했을 땐 이미 유한은 지쳐서 헐떡이며 바닥에
널브러져 있었다.

누워 있는 유한을 아래에서 마주 보며 고태윤이 그제
야 풀썩 웃음을 머금었다.

"내가… 인마. 너를 얼마나. 인마."

심장이 내려앉을 만큼 걱정을 했던 고태윤은 유한을
보고서 제대로 말도 잇지 못했다. 그저 울먹거리며 눈가
에 눈물을 글썽일 뿐이었다.

유한도 그의 얼굴을 보고 나서야 처음으로 굳은 안색
을 풀며 힘겹게 웃음을 지을 수 있었다. 그렇게 어느 정
도 마음의 진정이 되자 고태윤이 다시금 입을 열었다.

"…장지찬은?"

그의 물음에 유한이 대답 대신 고개를 왼쪽으로 돌렸
다. 그곳에는 핏물을 흘리며 온몸이 기괴하게 꺾인 장지

찬이 서 있었다.

숨만 붙어 있다면 식인 행위를 해서 살아남을 수 있었
던 장지찬도, 중력에 의해 내몰려진 추락에는 견뎌 내지
못한 것이다.

그러나 전후 사정을 모르는 고태윤으로서는 전혀 이해
가 되지 않는 상황뿐이었다. 적어도 유한은 드림팀을 비
롯해, 세계에서 으뜸가는 무예가였고 인간이 가질 수 있
는 신체의 한계를 넘어서 있었다.

그런 그가 이토록 진땀을 흘리며 쓰러질 일이 도대체
무엇이었을까? 이내, 의아한 표정으로 고개를 갸웃거리
는 고태윤을 보며 유한이 말을 이어 갔다.

"장지찬에게 무슨 일이 벌어졌는지 정확히 말하진 못
해. 다만 괴물이 되어 버린 놈을 상대했다고는 대답할 수
있어. 내가 아는 건 그것뿐이야."

"그래. 그래. 다 괜찮아. 이젠 다 끝났어."

고태윤은 더 이상 유한의 이야기를 듣지 않아도 충분
하다고 생각했다. 이미 장지찬은 죽었고 그토록 그들을
힘들게 했던 상황은 그 끝이 보이고 있었다.

저 멀리 어둠 속에서 대지를 밝히는 동이 트는 것처럼.

하지만 유한은 그것으로도 모자랐는지 거친 숨을 몰아

쉬면서도 고태윤을 향해 힘겹게 입을 열어 갔다.

"날, 잠시 일으켜 주겠어."

손 하나 까딱할 힘도 없는 유한의 물음에 고태윤은 대답 대신 그를 부축해 일으켰다. 이내, 고태윤의 부축을 받아 일으켜진 유한이 천천히 걸음을 옮겨 기괴하게 비틀려진 장지찬의 시체 앞에 멈춰 섰다. 그리고는 조용히 입을 닫은 채 하염없이 그의 시체를 응시했다.

그렇게 우두커니 선 채로 얼마쯤 지났을까?

침묵 속에서 유한의 흐느낌이 들리기 시작했다.

"크흑. 크흐흑."

뜨거운 눈물을 흘리는 유한을 바라보며 고태윤은 왜 우냐는 진부한 물음 따위는 하지 않았다. 그가 눈물을 흘리는 이유를 알 것도 같았던 까닭이다.

결국 유한의 흐느낌은 이내, 울부짖는 울음이 되었다.

그는 죽은 장지찬에게 어떤 말도 하지 않았다. 지옥에 떨어지라는 저주의 말은커녕 그저 그의 앞에서 계속 울기만 했다.

지금 유한에게는 그것으로도 족했다.

7장

멈추지 않는 시간

장지찬이 죽고 나서도 시간은 하염없이 흘렀다.

목숨을 잃을 뻔했던 오유태와 오대용도 정상적인 치료를 받으며 재활 훈련을 받았다.

그러나 어떤 변화에도 시간은 결코 속도를 줄이거나 늦추지 않았다.

그저 앞으로 나아갈 뿐이었다.

그렇게 흐르는 시간 속에서 일대 사건들이 줄줄이 이어졌다.

❖　　❖　　❖

AST는 한동안 잠잠했다.

그들의 본부에서도 비맥회를 향한 어떤 움직임도 보이지 않았다. 다만 지금껏 유한의 타깃으로 분류됐던 이들은 각자의 삶을 위해 발악했다.

일례로 장지찬의 죽음은 한동안 사회면을 장식했다. 각종 재단 사업과 복지에 관한 일들로 자주 매스컴에 올랐었던 장지찬의 죽음에 많은 국민들이 안타까워했다.

큰 별이 졌다고 말하는 사람도 있었다.

그러는 와중에 서백정은 자신이 투자한 돈을 회수하지 못할 것을 알면서도 계속적으로 합병을 시도하려 했다. 하지만 페이퍼 컴퍼니에 쏟아붓는 돈이 회수될 리가 없었다.

마지막으로 돈을 투자한 이후, 준호를 비롯해 드림팀은 잠적을 시작했고, 서백정은 혼란에 빠졌다. 그리고 얼마 지나지 않아 서백정은 형이었던 서용식에 의해 비참한 죽음을 맞게 됐다.

건설사의 모든 자금을 쏟아붓고 파산을 일으킨 것이 서백정이란 사실을 알게 된 서용식이 그를 직접 찾아가 죽인 것이다.

그러나 서용식도 무사하지는 못했다. 그는 동생을 죽인 뒤 곧장 밀항을 하려 했지만 미리 드림팀으로부터 정보를 받아 서용식의 움직임에 촉각을 곤두세우고 있던 최봉팔에 의해 검거됐다.

그리고 그렇게 세상이 떠들썩하던 시기에 유한이 데리고 있었던 이건호는 다시 자유의 몸이 되었지만 자신의 회사로 돌아가지 않고 허름한 모텔 방에서 자살을 했다.

유한이 이건호로 가장해 벌인 일들 때문에 자신에게 닥칠, AST의 후환이 두려웠기 때문이었다. 하지만 진실을 모르는 국민들은 그의 죽음이 T케미칼에 갑자기 불어닥친 부도 탓이라고 생각했다.

그리고 그가 자살하던 때쯤 더 이상 어떤 원조도 받지 못하고 계속 흔들리는 F건설을 막아 주던 T케미칼마저 공동 부도를 맞이하게 되었다.

더불어 그들과 연계되었던 CH투자자문회사마저도 주가 조작이라는 덫에 걸려 금감원(금융감독원)의 조사를 받게 됐다.

물론 그렇게 시끄러운 세상 속에서도 대선은 치러졌다.

하지만 그 대선 속에서도 국민들은 분노해야 했다.

드림팀과 협조한 최봉팔에 의해 정총만에 관한 비리

사건들이 발을 뺄 수 없이 터진 까닭이었다. 그의 부인이었던 박혜자가 정총만의 비자금과 온갖 더러운 자금줄을 관리했다는 사실뿐 아니라 정총만이 지금껏 벌여 왔던 부정 사업들이 밝혀졌기 때문이었다.

그리고 그 중심에는 검찰의 끈이 생긴 최봉팔의 활약이 있었다. 그간 여러 가지 정치 사건에 관련되어 움직인 최봉팔을 눈여겨본 인물들이 그와 공조 수사를 벌이기 시작한 덕분이었다.

그렇게 한 번 맞물리기 시작한 AST의 잔재들은 끊임없이 검찰과 분노한 국민들의 집중 포화의 대상이 되어갔고 사회 일면에는 늘 새로운 사건들이 줄지어 갔다.

❦　　❦　　❦

―위치 완료. 명령 기다립니다.

기동대 팀까지 부른 마당에 더 망설일 생각은 없었다. 최봉팔은 무전에 답신을 하며 손을 뻗어 권총집에서 권총을 빼 들었다.

"…확실한 정보입니까?"

곁에 있던 신입 검사가 물었다. 그의 물음에 최봉팔은

피식 웃으며 대답했다.

"말도 마쇼. 내가 이놈들, 범죄 단체구성 활동 죄로 엮느라 공들인 시간이 얼만데?"

최봉팔은 그 말을 하며 AST가 한국 지부로 머무르며 남겨 둔 안전가옥을 응시했다. 이곳까지 오느라 너무 많은 일들을 해왔다.

이젠 죽은 고인들의 빚을 갚을 때였다.

"그러게. 왜 굳이 현장까지 따라와서 날 괴롭히는 거요?"

최봉팔은 경험도 없는 초짜 검사에게 살살 웃으며 대하는 법 같은 건 애당초 배우지도 않았다. 예의를 갖춰야 하는 건 맞았지만 굳이 자신의 업무를 방해하는 검사에게 좋은 감정이 있으려야 있을 수가 없었다.

그러자 신입 검사는 뭐가 그리 좋은지 생글거리며 웃었다.

"요즘 대세 아니십니까? 따라와서 떡고물이나 먹으려고 합니다. 하하."

"검찰이 잡았다고 공이라도 돌리시게?"

"아이고. 고생하신 형사님들이 공을 다 가져가셔야지. 제가 그걸 어떻게 쏙 빼먹습니까?"

마음에도 없는 말을 잘도 한다.

그러나 지금은 그런 시시콜콜한 이야기로 시간 낭비할 생각은 없었다.

최봉팔은 이윽고 때를 지켜보다, 안전가옥에 전기 배선이 끊어지는 시점과 함께 곧바로 명령을 내렸다.

—투입들 하십시다. 종만아, 너도 같이 들어가라.

*   *   *

"후우."

촛불을 향해 입김을 분 나래에게 모든 식구들의 시선이 향해 있었다. 예림, 소미, 유태, 전 씨 할머니 그리고 나머지 드림팀 식구들에 이어 문수와 유한까지.

모두 다 나래를 바라보며 웃고 있었다.

그 시선에 부담스러웠는지, 나래가 쑥스럽다는 듯 손으로 얼굴을 가리며 말했다.

"그렇게들 쳐다보시니까 못 불겠어요."

나래가 입을 삐쭉거리며 말하자 넉살 좋은 유태가 급히 나섰다.

"자자, 모두들 뒤를 돌아주세요. 우리 착한 나래가 부끄러워서 초를 못 불겠답니다."

"그래. 그럼 당연히 그래야지."

나래를 자신의 호적에 올려놓은 고태윤이 급히 뒤를 돌았다.

최근 고태윤에게 새로 붙은 별명이 딸 바보였으니 그가 얼마나 나래를 금이야 옥이야 키우는지 알 수 있는 별명이었다.

그렇게 지켜보던 식구들도 전부 웃음을 터트리며 뒤를 돌아주자 나래가 그제야 초에 붙은 불을 향해 입김을 불었다.

"어라?"

그런데 이게 웬일, 아무리 불어도 촛불이 안 꺼지는 게 아닌가? 나래의 표정이 시무룩해지자 갑자기 준호가 고깔모를 나래에게 씌워 주며 웃음을 터트렸다.

"나래야. 이거 오빠가 특별히 사온 초야. 아무리 불어도 안 꺼지지롱!"

"뭐예요!"

나래가 입을 삐죽거리며 투덜거리자 함께 있던 예림이 갑자기 손가락으로 케이크를 찍어 나래의 볼에 묻히며 말했다.

"생일 축하해! 나래야!"

그러자 소미도 재빨리 나래의 반대 볼에도 케이크를 묻히며 깔깔거리며 웃었다. 나래도 볼에 묻은 케이크를 만지며 결국 투덜거리던 것을 멈추고 웃음을 터트렸다.

"생일 축하한다. 선물이야."

그리고 이어지는 선물 세례에 나래의 입가에 미소가 서렸다.

함께 사는 모든 식구와 생일 파티를 하는 건 이번이 처음이었기 때문이다.

너무 좋아 방긋거리며 웃던 나래의 눈에 갑자기 눈물이 고였다.

"으헝. 너무 좋아."

좋다며 울음을 터트리는 나래를 보며 고태윤이 급히 휴지를 가지러 뛰어갔다.

"아이고. 내 딸내미. 울면 안 되지!"

하지만 애써 휴지를 가져와 눈물을 닦아 주려던 고태윤의 노력은 금방 허사가 되었다. 나래가 울자 얼마 지나지 않아 예림도 울음을 터트리며 둘이 얼싸안고 울음바다를 만든 것이다.

결국 고태윤도 지쳐서 방바닥에 주저앉고는 불쌍한 눈

빛으로 오대용을 올려다봤다. 고태윤처럼 예림을 자신의 딸로 받아들인 오대용도 어쩔 수 없다는 듯 어깨를 으쓱여 보였다.

둘 모두 이런 상황에서는 대처할 방법을 모르는 탓이다.

그 모습을 뒤에서 지켜보던 유한은 울고 있는 두 아이에게 줄 선물을 가까이 있는 식탁에 조용히 올려 두고는 집 정원 밖으로 발길을 옮겼다.

"날이 좋네."

유한은 하늘에 떠오른 보름달을 보며 혼자 중얼거렸다.

"그렇죠?"

때마침 그를 뒤따라온 소미가 그의 중얼거림을 들은 듯, 유한 대신 뒷말을 덧붙였다. 그러자 유한의 시선이 자신을 따라온 소미를 향했다.

"또 따라온 겁니까?"

유한의 얼굴에 장난기가 피어올랐다. 장지찬이 죽은 이후, 그는 정말 많이 변했다. 더욱 친절해졌고 삭막했던 얼굴에는 웃음이 생기기 시작했다.

그건 비단 팀원들뿐만이 아니었다.

만나는 모든 사람들에게 웃음을 보이기 시작한 것이다.

그 놀라운 변화에 가장 좋아했던 건 유한을 보필해 왔던 문수였다.

오죽하면 유한을 향해 '정말 도련님이 맞습니까?' 하고 물어볼 정도였다. 그 표정이 너무 진지해서 유한은 직접 자기가 맞다는 것을 증명해 보이기 위해 주민등록증까지 문수에게 제시해야 했다. 그제야 문수도 '정말 도련님이 맞으시네요.' 하며 돌아섰다.

물론 그 와중에도 여전히 믿기지 않는다는 양 고개를 갸웃거렸지만 말이다.

"가장 날이 좋은 봄인 것 같아요. 지금까지 살면서 맞이한 봄 날씨 중 제일 좋은 날씨처럼 느껴져요."

그녀는 유한의 넉살에 그저 미소로 대답하고는 봄 향기를 만끽하듯 눈을 감고 봄 냄새를 담은 밤공기를 들이마셨다. 그러자 유한도 그런 그녀를 바라보며 나지막한 음성으로 대답했다.

"마음이 그래서 그럴 겁니다."

"마음이요?"

천천히 다시 눈을 뜬 그녀가 초롱초롱한 눈망울로 유한을 쳐다보며 반문했다. 그 눈빛에 유한은 잠시 아무 말도 하지 못했다.

마주한 그녀가 지닌 향기가 유한의 가슴을 떨리게 한 탓이다. 달콤한 초콜릿 향을 지닌 그녀의 숨결은 늘 덤덤했던 유한의 귓불을 발개지게 만들었다.

늘 오고가며 봤던 그녀였는데 왜 갑자기 이렇게 가슴이 떨리는지는 유한도 스스로 이해가 되지 않았다.

두근거리는 설렘의 감정이 전혀 이해가 되지 않았던 것이다.

갑작스러운 그의 붉어짐을 그녀도 느낀 것인지 그녀의 눈이 서서히 가늘어져 갔다.

"뭐예요? 이 반응?"

"예?"

늘 이지적이고 차갑던 유한의 얼굴이 귓불까지 빨개진 것도 놀라운 일인데 그가 멍청하게 서 있다가 갑자기 어벙하게 대답하는 모습은 소미의 웃음을 터트리게 하기에 충분했다.

"푸하하."

깔깔거리며 웃음을 터트린 그녀의 모습에 유한은 괜히 무안한지 손가락으로 자신의 콧잔등을 긁으며 헛기침을 했다.

"왜 웃습니까?"

"웃기잖아요. 푸히히. 아 나 어떡해. 이미지 관리 안
돼."

"소미 씨가 나한테 이미지가 어디 있습니까?"

무안하게 계속 웃는 그녀에게 유한이 투덜거리듯 대답
하자 그녀의 표정이 금세 샐쭉해졌다.

"뭐라고요?"

"아니. 내 말은."

갑자기 정색하며 묻는 그녀의 표정에 유한이 괜히 다
른 곳으로 시선을 돌렸다.

왜 훈련 받은 대로 표정 관리가 안 되는지 스스로도 여
전히 이해하지 못하면서.

"변명할 생각은 하지도 말아요?"

소미는 더듬거리는 유한을 보며 엷게 웃었다. 그녀는
이렇게 변한 유한의 모습이 더욱 좋았다. 그녀는 어쩌면
그를 처음 본 순간부터, 자신이 그의 내면에 순수함이 내
재되어 있다는 사실을 알았을지도 모른다는 생각이 들었
다.

그런 소미의 마음을 아는지 모르는지 유한은 문득 자
신의 어벙한 모습이 스스로도 웃긴지 풀썩 웃어 버리며
정원 쪽으로 걸음을 옮겼다. 그리고 그 뒤를 그녀가 아기

새가 어미 새를 쫓아가듯 졸졸 따라나섰다.

"그거 알아요?"

그의 뒤를 쫓아온 그녀가 그의 앞으로 나서며 밝게 웃는 얼굴로 물었다. 유한이 그녀의 물음에 의아한 눈으로 대답했다.

"뭘요?"

"좋아 보여요. 정말로."

"그래요? 어떻게 좋아 보이는데요?"

유한은 정말 궁금했다. 다른 사람들의 눈에 비춰지는 자신의 모습이 어떻게 바뀐 것인지.

그러자 그의 질문에 잠시 곰곰이 생각하던 그가 미소를 띤 채 대답했다.

"눈에 힘을 안 주잖아요. 그것만 해도 좋아 보이는걸요?"

"힘을 줘요? 누가요?"

"누구긴 누구예요? 말하고 계신 분이지?"

"내가 그랬어요?"

"그럼요! 나한테 말 걸지 마시오. 하고 써 붙인 사람 같았다니까요?"

"거짓말 마요."

유한이 손사래를 치며 말하자 그녀가 더욱 가까이 다가서며 말했다.

"오? 지금 또 힘이 들어가려고 하는 걸요?"

"어디요."

"요기. 요기요."

그녀가 자신의 인중을 콕콕 두드리며 배시시 웃었다. 그 모습에 유한이 저도 모르게 손가락으로 자신의 이마를 만지작거리며 눈을 괜히 위로 치켜뜰 때였다. 갑자기 그를 그윽하게 바라보던 그녀의 입술이 순식간에 유한의 입술을 덮쳤다.

부드러운 서로의 입술이 아주 잠시, 서로를 탐닉했다.

그리고 이내 한 걸음 뒤로 물러선 유한과 함께 그녀가 자연스럽게 유한과 한 걸음 떨어졌다. 잠시 어벙한 표정을 짓는 유한을 보며 그녀가 쑥스러운 표정으로 자신의 콧잔등을 긁으며 말했다.

"우리 방식에도 조금은 변화가 필요하다고 생각했어요. 아주 조금은 받아들여 줄 수… 있을 것 같아서요. 내 착각인가요?"

"그럴 리가요. 아주 잘하셨습니다."

그 때였다.

어느새 뒤로 다가온 문수가 유한의 등을 자랑스럽다는 듯 툭툭 두들기며 유한 대신 그녀의 말에 대답했다.

그녀도 갑작스러운 문수의 등장에 놀란 듯 잠시 둘을 번갈아 쳐다보다가 '아 몰라!' 하면서 후다닥 집 안으로 뛰어 들어갔다. 유한도 이어지는 당황스러운 상황에 그저 볼만 긁적이며 우두커니 서 있을 뿐이었다.

그러자 그런 유한의 얼굴을 살핀 문수가 히죽 웃으며 입을 열었다.

"방해해서 죄송합니다. 도련님. 제 마음 아시죠? 저는 이곳으로 아무도 들이지 않으려 했습니다."

"이미 방해해 놓고 뭘."

"아니? 그 말씀은? 지금 제가 생각하고 있는 게 맞는 겁니까?"

"흠흠."

유한은 대답을 회피하고는 헛기침과 함께 급히 화제를 돌렸다.

"그런데 무슨 일이야?"

직감적으로 느낀 모양이다. 유한의 물음에 문수도 웃음을 잠시 지우고 따로 연락 받은 일에 대해 이야기하기 시작했다.

"봉 총수가 뵙자고 청해 왔습니다."

"한동안 바쁠 거라고 생각했는데."

그도 그럴 것이, 봉준호는 유한의 기 치료를 받고 문수와 같이 기적적으로 깨어났다. 그러고 나서 그는 재활 훈련을 제대로 끝내지도 않고 봉육달이 없는 비홍회를 끌어가기 위해 부단히 노력을 많이 했다.

유한도 병실에서 그를 만난 뒤로는 단 한 번도 그를 본 적이 없었다. 그래서일까? 유한은 갑자기 만나자는 그의 말에 의아함마저 생겼다.

바쁜 그가 만나자는 건 필히 다른 이유가 있을 거라는 생각 때문이었다. 그런 유한의 생각을 읽은 것일까? 유한의 눈에 서린 의아함을 확인한 문수가 뒷말을 이었다.

"최 형사가 오늘 도련님께 받은 정보로 AST의 안전 가옥을 기동대 팀과 함께 습격했지 않습니까."

"그래. 지금 시간이면 작전이 마무리됐을 시간일 텐데."

유한이 손에 차고 있는 시계를 확인하며 대답하자 문수가 고개를 끄덕이며 말했다.

"그곳에서 봉 총수의 부친, 봉육달 노사의 시신을 발견했다 합니다. 뭣 때문인지 시체가 썩지 않고 냉동 보관

되어 있었다고 하더군요. 덕분에 금세 시신을 수습해서 봉 총수에게 연락이 갈 수 있었답니다. 그 연락을 받은 봉 총수가 시신을 수습하러 떠나면서 제게 전화가 왔습니다. 나흘 뒤에 뵙자고 하면서 말입니다."

"어디서 보자고 했지?"

"강가였습니다."

"이야기가 길어지겠어."

유한은 왜 봉준호가 자신을 부른 것인지 이유는 알지 못했지만 어느 정도 예상 가는 사실은 있었다. 이윽고 유한이 문수를 쳐다보며 말했다.

"유골함을 함께 들자고 할지도 모르겠어. 마음이 무거워지네."

"봉 노사님의 시신은… 도련님께도 큰 의미가 있으니, 그럴 테지요."

"안타깝게 돌아가셨어. 나 때문에."

그 말을 하며 입술을 굳게 다무는 유한의 모습에 문수는 고개를 저었다.

"도련님의 탓이 아닙니다."

"우리 뻔한 얘기는 하지 말자. 이 정도 짐은 짊어질 수 있어. 그러니 이번만큼은 내가 내 탓이라고 생각할 수 있게 지켜만 봐주겠어? 적어도 그래야 내 마음이 편해질 것 같아서 그래. 결국 이것마저도 나 편하자고 하는 짓이 잖아."

유한의 말을 이해 못할 것도 아니었다.

문수는 조용히 고개를 끄덕이며 그와 함께 밤하늘을 바라봤다. 날은 따스하고 적막한 고요함은 평화로움을 느낄 수 있었지만, 먼저 세상을 떠난 이들을 향한 그리움은 지워지지 않을 것 같았다.

일주일이 지나는 사이, 봉 노사는 화장을 했다.

화장은 봉육달이 봉준호에게 늘 입버릇처럼 하던 이야기이기도 했고 상주가 된 봉준호의 뜻이기도 했다.

다행스러운 건 그가 더 이상 실험 대상이 되지 않고 지금이라도 시신이 안치될 수 있었다는 점이었다. 하지만 그런 것을 생각하지 않더라도 봉준호는 가슴속 애잔함을 쉽게 지우지 못했다.

깨어난 후 일부러 바삐 돌아다닌 것도 아버지인 봉육달에 대한 그리움을 억누르기 위한 방법 중 하나였었다. 그런데 이젠 더 이상 봉육달을 볼 수 없다는 현실은 그가 죽기 전, 대립했었던 봉준호에게는 평생 지우지 못할 한이 되어 버렸다.

휘잉.

따스한 봄이 왔는데도 새벽녘 호수는 싸늘한 바람이 남아 있었다. 그런 그의 앞으로 나룻배 한 척이 다가왔다.

"타시죠."

유골함을 든 채 우두커니 서 있던 봉준호의 곁으로 유한이 다가서자 침묵으로 일관하던 봉준호가 입을 열었다.

"네."

유한은 대답과 함께 나룻배에 봉준호와 올라탔다. 이윽고 뱃사공을 자처한 문수와 두 사람이 고요한 호수에 물결을 만들어 내며 호수의 중앙을 향해 나아갔다.

얼마쯤 나룻배가 나아갔을까?

서서히 속도를 낮추며 멈춘 나룻배 위에서 봉준호의 입이 무겁게 열렸다.

"어려운 걸음 하셨습니다."

"…절 원망하셔도 됩니다."

유한의 말에 봉준호는 그저 엷게 미소 짓기만 했다.

"총회주 때문에 아버님께서 돌아가신 것이 아닙니다."

"그럼 총수 탓도 아닙니다. 하지만 마음의 짐을 짊어

짐으로써 마음이 편해질 수 있다면 그리하세요. 누구도…
그것을 덜어 내라고 총수께 말할 수 있는 사람은 없습니
다."

"위로보다 낫군요."

"위로하려고 온 건 아닙니다. 다만, 제가 할 수 있는
일을 할 뿐이죠."

"아버지께서는 늘 그러셨습니다. 큰일을 하기 위해 태
어난 사람은, 반드시 하기 마련이라고. 이제 생각해 보면
꼭 총회주님을 염두에 두고 하신 말씀 같군요."

"칭찬이라면 고맙게 듣겠습니다."

유한의 대답에 힘없이 웃은 봉준호가 이내, 유골함 뚜
껑을 열며 말했다.

"이제 아버지를 보내야 할 시간인 것 같군요."

"보고 계실 겁니다."

"늘 저를 애지중지하시던 아버지이시니 반드시 그러실
테죠."

미소를 머금은 봉준호가 손을 뻗어 봉육달의 유골 가
루를 호수를 향해 뿌렸다.

유골을 뿌린 후 봉준호와 잠시 이야기를 나눈 유한은

그와 다음을 기약하며 헤어졌다. 이후 타고 온 차로 향한 유한을 맞이한 건 뜻밖의 손님이었다. 그의 전환기의 가장 중요한 견인차 역할을 해주었던 남자가 그를 찾아온 것이다.

이젠 희어진 수염을 덥수룩이 기른 이충호는 베레모를 멋들어지게 쓴 채 유한의 차 앞에 우두커니 서 있었다.

"선생님."

꽤나 놀란 유한의 외침에 이충호가 고개를 돌리며 대답했다.

"연락 한 통 할 시간이 없었냐?"

대뜸 보더니 당황스러운 질문을 하는 그의 화술에 유한이 고개를 설레설레 저었다. 여전히 꼬장꼬장한 성격은 그대로였다.

"어떻게 된 거야?"

유한이 힐끗 문수를 쳐다보며 묻자 문수가 미소를 띠며 말했다.

"이젠 뵈실 때도 되었다고 생각하고 그림자를 통해 모셔 왔습니다. 때가 아니라고 생각하십니까?"

"아니. 한 번쯤 찾아가긴 했어야 했어. 그래도 너무 갑작스러워서."

나지막이 대답하는 유한을 노려보던 이충호가 미간을 찡그리며 말했다.

"다 늙어 꼬부라지는 노인네 데려다 놓고 뭐하는 거냐?"

"아닙니다. 선생님. 식사는 하셨어요?"

"식사는 얼어 죽을, 어제저녁부터 너희들이 데려 왔잖느냐!"

"여전하시네요. 그럼 저와 가세요. 밥이 보약 아닙니까."

"어쭈. 넉살이 늘은 걸 보니 제법 사람답게 사는 게 어떤 건지 알게 됐나 보구나."

처음으로 이충호가 미소를 보이며 대답하자 유한이 진지해진 얼굴로 물었다.

"곁에 있는 사람들 덕분입니다. 하지만 그렇다고 과거를 후회하지는 않습니다. 적어도 지금의 제가 있기까지는 그 시간들이 있어야 했으니까요."

"내가 여기까지 찾아온 이유가 뭐라고 생각하냐?"

사실 이충호 같은 사람은 자기가 내키지 않으면 한 걸음도 떼지 않는다. 더욱이 그와 함께 살았었던 유한은 그의 성격을 익히 알고 있기에 미소를 띠며 대답했다.

"가르침이라도 주실 겁니까."

"하고 싶은 말이 있어서였다."

"듣고 싶어지네요."

"네가 나는… 자랑스럽다."

이 한마디를 하고자 그는 이곳까지 걸음 한 것이다. 그리고 그 단 한마디에 유한은 가슴속에서 알 수 없는 감정들이 혼탁하게 뒤섞여 목구멍으로 치솟는 것을 느끼고는, 애써 미소를 지으며 격동치는 감정을 내리눌렀다.

"덕분입니다. 선생님."

유한의 나지막한 음성에 이충호는 처음으로 환하게 웃었다.

❦　　❦　　❦

최봉팔은 포그맨의 연락을 받고 모든 업무를 제쳐두고 뛰어나왔다. 그간 그를 보지 못한 것이 오래토록 되었다. 필요한 정보들이나 업무에 도움이 될 만한 것들은 늘, 누군가를 통해 책상이나 혹은 여러 가지 방법으로 전해져왔다.

그것으로 추측하건대 포그맨은 혼자 움직이는 것이 아

니라는 확신이 섰다. 그리고 오늘 이제나저제나 오나 기다리던 포그맨이 직접 연락을 취해 왔다.

그는 경찰서 앞 포장마차 앞에서 만나자는 그의 이야기를 듣고 처음에는 반신반의하며 포장마차를 찾았다.

"오랜만입니다."

"아이고. 최 형사, 요즘 왜 이렇게 뜸했어?"

포장마차 주인아줌마가 반갑게 그를 맞이하던 와중에 베이지색 바바리코트를 입은 스물 중반이나 되어 보이는 남자가 최봉팔을 향해 손을 흔들어 보였다. 동시에 최봉팔의 눈썹이 꿈틀거렸다.

"넌 뭐야?"

호주머니에 손을 꽂고는 건들거리며 다가온 최봉팔은 다짜고짜 청년을 향해 물었다. 그러자 청년이 비어 있는 잔에 소주를 따르고는 최봉팔에게 술이 찰랑이는 잔을 건넸다.

"뭐냐고 묻잖아."

예민하리만큼 신경질적으로 말하는 최봉팔의 말에 청년은 피식 웃고는 그에게 건네려 했던 소주를 자신이 마셨다.

그리고 나선 손가락으로 의자를 가리키며 말했다.

마지막부활

"최 형사님. 앉아서 이야기하죠. 형사님과 나 사이에 통성명이 따로 필요하겠습니까?"

씩 웃는 청년, 유한은 다시 한 번 잔에 소주를 따르고 난 후 최봉팔에게 건넸다. 최봉팔도 본능적으로 술잔을 건네는 남자가 포그맨의 하수인이 아닌, 진짜배기 포그맨 즉 유한이라는 사실을 깨달았다.

"너같이 어린 게 그 일을 다 해냈다고. 나더러 믿으라는 거냐?"

최봉팔은 유한이 건넨 소주잔을 받아들어 단번에 마시고는 탁자에 소리 나게 술잔을 내려놨다. 유한이 기다렸다는 듯 그의 잔에 다시 소주를 채웠다.

"…너 무슨 배짱으로 내 앞에 나타났냐. 가면도 안 쓰고."

"내가 할 수 있는 일은 다 했습니다. 이제 남은 몫은 형사님 몫이죠."

"미친놈. 원래 범죄자 놈들 잡는 건 내 일이었어. 어디서 굴어온 돌이 박힌 돌 빼려고 하고 있어. 확!"

최봉팔이 때리는 시늉을 하며 거칠게 나오는데도 불구하고 유한의 미소는 더욱 짙어져만 갔다. 최봉팔도 계속 웃고 있는 유한을 보며 헛웃음을 보이며 말했다.

"뭘, 히죽히죽 웃고 있냐."

"찾지 못할 겁니다."

"뭐?"

"찾으려고 해도 찾지 못할 거라는 말입니다. 형사님도 알다시피 내 얼굴이 좀 많거든요."

"자랑이다. 진짜 이름이 있긴 한 거냐?"

"강준원."

돌연 진지해진 유한의 목소리에 최봉팔이 얼굴을 찡그렸다.

"이 새끼, 왜 갑자기 진지해. 너 또 이상한 부탁하려고 그러냐? 범죄자 주제에. 어디서 형사한테 공갈을……."

"이름을 알고 싶다고 하지 않았습니까. 내 이름은 강준원입니다."

그 말을 하며 소주를 입에 털어 넣은 유한은 이내, 자리에서 일어나며 뒷말을 덧붙였다.

"이제 그 이름을 찾으려고 합니다. 다른 사람들 때문에 잃어버렸거든요."

아무런 배경도, 이유도 모르지만 최봉팔은 유한의 말에 아무 말도 할 수가 없었다. 괜시리 가슴이 답답했고 입안이 텁텁해졌다. 그렇게 그윽하게 응시하는 최봉팔과

마주 보던 유한은 마지막으로 풀썩 웃음을 머금어 보이고
는 곧장 자리를 떠나며 말했다.

"곧 보게 될 겁니다."

"미리 말하고 와라. 서로 가야 되니까."

안주를 질겅질겅 씹으며 대답하는 최봉팔을 향해 유한
의 음성이 이어졌다.

"그 땐, 강준원이 되어 있을 깁니다."

말을 하기 위해 반쯤 돌아섰던 유한이 다시 발길을 돌
려 포장마차 밖으로 사라졌다. 그렇게 그가 사라지고 잠
시 멍한 눈빛으로 어벙하게 앉아 있던 최봉팔은 돌연 생
각났다는 듯 이를 갈며 외쳤다.

"이 새끼야! 처먹고 돈은 내고 가야지!"

울부짖는 최봉팔의 목소리가 포장마차에 울려 퍼졌다.

〈『마지막 부활』完〉

1판 1쇄 찍음 2012년 5월 30일
1판 1쇄 펴냄 2012년 6월 1일

지은이 | 준
펴낸이 | 정 필
펴낸곳 | 도서출판 **뿔미디어**

편집장 | 이재권
편집디자인 | 이진선
관리, 영업 | 김기환, 임순옥

출판등록 | 2002년 9월 11일 (제1081-1-132호)
주소 | 부천시 원미구 상3동 533-3 아트프라자 503호 (우)420-861
전화 | 032)651-6513 / 팩스 032)651-6094
E-mail | BBULMEDIA@paran.com
홈페이지 | www.bbulmedia.com

값 8,000원

ISBN 978-89-6639-700-6 04810
ISBN 978-89-6639-378-7 04810 (세트)